THE MYSTERY TEAM

Cazadores de Pistas

Primera edición: febrero de 2012

Publicado por Random House Mondadori, S.A.
Travessera de Gràcia, 47-49. 08021, Barcelona
Texto de Isaac Palmiola, basado en "THE MYSTERY TEAM: Cazadores de Pistas"
Coordinación editorial: Bonalletra Alcompás
Diseño y maquetación: Gerardo Medina
Ilustraciones: Lluís Cadafalch
ISBN: 978-84-8441-913-6
Depósito legal: B-190-2012
Imprime Novagrafik
Encuaderna Egedsa

GT19136

THE MYSTERY TEAM

Cazadores de Pistas

El robo del Santo Grial

Montena

¡Conoce a los protagonistas!

ANABEL VAMP

Es una vampiresa adolescente capaz de convertirse en murciélago. Aunque le gusta la sangre, se conforma con un buen tazón de zumo de tomate. Eso sí, sin ajo. El Coronel Green y Sparks conocen su secreto y la aceptan tal y como es, pero a veces Anabel se pregunta si no sería más feliz siendo una humana normal y corriente.

SPARKS

Es un genio de la tecnología. Este adolescente es capaz de *hackear* ordenadores, abrir cerraduras y controlar videocámaras. Es divertido y cordial, y le encanta gastarle bromas a Anabel, aunque desde que sabe que es una vampiresa procura no enfurecerla más de la cuenta.

THE MYSTERY TEAM

Cazadores de Pistas

CORONEL GREEN

El maestro de Anabel y Sparks es un eminente y famoso investigador. Es un hombre muy culto, con notables conocimientos de historia universal. Fue miembro del cuerpo de espionaje británico y, más tarde, coronel del ejército. Tiene amigos repartidos por todo el mundo y cuida de sus pupilos como si fueran sus propios hijos.

Después de las apasionantes aventuras en Egipto, los Cazadores de Pistas se toman unas merecidas vacaciones. Pero... ¿serán tan tranquilas como ellos esperan?

1

Sparks no podía con su alma. Caminaba arrastrando los pies y mirando al suelo. Estaba despeinado y las plantas de los pies y las rodillas le dolían horrores.

–No puedo más. Necesito parar unos minutos para descansar –suplicó.

–Ya falta poco para llegar a San Xulián do Camiño, sólo un poco más –le animó el Coronel Green.

Sparks resopló disgustado, pero siguió caminando. El paisaje era muy hermoso. Los árboles tenían un verde muy intenso y un riachuelo de aguas transparentes serpenteaba junto al camino. Pero a Sparks no le interesaba lo más mínimo el paisaje o el dulce canto de los pájaros. Sólo quería llegar a San Xulián do Camiño para descansar.

Hacía un mes que los Cazadores de Pistas seguían el Camino de Santiago, una ruta por España que recorren los peregrinos para llegar a la ciudad de Santiago de Compostela. El itinerario que ellos seguían era muy largo y cada día se levantaban a las seis de la mañana, desayunaban y caminaban hasta bien entrado el mediodía. Solían pasar las tardes descansando en pequeñas y tranquilas aldeas y se acostaban temprano en los albergues que encontraban por el camino. Sparks estaba harto de aquella vida de excursionista; añoraba la tecnología. A él le gustaba investigar casos difíciles y estar rodeado de ordenadores… No entendía qué sentido podía tener pasarse el santo día caminando.

–Hasta aquí he llegado –dijo Sparks, de repente–. Se sentó a los pies de un roble y se quitó los zapatos.

–De acuerdo, descansaremos unos minutos –concedió el Coronel Green.

Anabel Vamp también se detuvo. Había estado caminando por delante de sus compañeros muy callada, como si algo le preocupara. No parecía cansada, pero estaba muy pensativa. Se sentó sola en una piedra y esperó a que los otros se decidieran a retomar la marcha. Lo normal hubiera sido que se burlara de Sparks, que le llamara debilu-

cho para fastidiarle, pero Anabel no hizo nada de eso. Se limitó a quedarse sentada con la mirada fija en el suelo.
El Coronel Green era el responsable de que estuvieran siguiendo el Camino de Santiago. Tras la apasionante aventura en Egipto, le pareció que a sus pupilos les vendría bien algo de ejercicio. Él no tenía ningún problema para recorrer los treinta kilómetros que caminaban a diario. Pese a su edad, se encontraba en muy buena forma y estaba acostumbrado a caminar durante horas y horas. El Coronel había sido militar y tantos años de duro entrenamiento aún se le notaban. Sus piernas seguían siendo fuertes y, para él, recorrer el Camino de Santiago era poco más que dar un agradable paseo por el bosque.
–Cómete un plátano, Sparks –le recomendó–. Te dará fuerza.
El joven pupilo abrió la mochila e hizo lo que le sugería su maestro. Peló el plátano y empezó a comérselo tranquilamente.
El Coronel dejó a Sparks y se acercó a Anabel. Se sentó a su lado y le puso una mano en la espalda.
–¿Qué tal estás, Anabel? No has hablado mucho los últimos días… –le dijo.

–Estoy… pensando… –se limitó a responder ella.

–Eso es bueno –comentó el Coronel–. La gente sigue el Camino de Santiago desde hace siglos para pensar y reflexionar. Piensan lo que han hecho durante su vida y qué es lo que realmente desean. Seguir esta ruta sirve para encontrarse a uno mismo.

–¿Qué significa encontrarse a uno mismo? –preguntó Anabel.

–Significa aceptarse tal y como uno es, y ser feliz. Mucha gente quiere tener muchos coches y grandes casas con piscina, videoconsolas, dinero y fama. No es necesario tener todo eso para ser feliz. Y eso es algo que mucha gente no comprende.

–Yo no quiero ser rica –replicó la chica.

–También hay gente que no se gusta como es –continuó el Coronel–. Preferirían ser más guapos o más inteligentes, tal vez les gustaría ser mejores bailarines o mejores jugadores de fútbol. A todo el mundo le gustaría cambiar algo de sí mismo.

–A mí me gustaría poder comer de todo, como Sparks –dijo ella–. Estoy harta de beber zumo de tomate en lugar de sangre, de esconderme de lo que realmente soy: una

vampiresa. Nadie quiere a los vampiros porque damos mucho miedo.
–Yo no te tengo miedo –le recordó el Coronel–. Sparks y yo te hemos aceptado...
–Ya lo sé, pero nadie más debe saber que soy una vampiresa. Todo el mundo me odiaría... Ojalá fuera una humana normal y corriente y pudiera hacer lo que todas las chicas hacen. Sólo soy un bicho raro, un monstruo horrible que nunca será como los demás.
–Eso no es verdad –dijo el Coronel.
Entonces Anabel empezó a llorar. Sus lágrimas eran de color rojo, porque los vampiros no derraman lágrimas de agua, sino de sangre.
–Lo siento –se disculpó Anabel–. Hacía más de cuarenta años que no lloraba...
–Debes encontrarte a ti misma, Anabel. Aceptarte como eres. Estoy seguro de que el Camino de Santiago te ayudará a conseguirlo –intentó animarla el Coronel.
–Eso es fácil para ti. Tú no eres ningún vampiro...
Anabel dejó de llorar y se secó las lágrimas que le bañaban el rostro. Se levantó de la piedra donde estaba sentada y se dirigió a Sparks.

–¡Vamos, niñato! –le gritó–. ¡Levanta tu culo del suelo y sigamos caminando!

–¡Ya va! –gruñó Sparks, que no se había enterado de la conversación.

Se puso los zapatos otra vez y se levantó. Le pareció que todos los huesos de su cuerpo crujían mientras se ponía en pie.

–Daría cualquier cosa para estar ya en Santiago de Compostela –dijo el joven investigador mientras empezaba a caminar.

–Sólo nos faltan un par de días. Cuando hayamos completado el Camino y lleguemos a la Catedral de Santiago, te sentirás orgulloso de ti mismo –le dijo el Coronel.

–Lo dudo –dijo Sparks cabizbajo–. Sólo quiero acabar con estas caminatas interminables.

Los Cazadores de Pistas anduvieron durante una hora más hasta que llegaron al pequeño y encantador pueblo de San Xulián do Camiño. Allí les esperaba reposo y comida caliente.

Anabel Vamp se tomó un tazón de zumo de tomate con unas pocas gotas de sangre de papagayo, mientras que el

Coronel Green y Sparks saborearon un potaje de lentejas con chorizo. Aquella era la mejor recompensa después de siete horas caminando sin parar.

La tarde se presentaba aburrida porque en San Xulián do Camiño sólo había unas cuantas casas y poco o nada que hacer. Dejaron sus cosas en el albergue de peregrinos y el Coronel Green propuso visitar la iglesia del pueblo. Como nadie tenía una idea mejor, decidieron aceptar la propuesta.

Caminaron por el pueblo hasta que llegaron a la iglesia, una pequeña y sencilla construcción de piedra. El Coronel Green les explicó que no era tan antigua como las pirámides de Egipto, pero que había sido construida muchos siglos atrás.

El interior era fresco y oscuro, y estaba casi vacío. Sólo había dos señoras rezando en silencio. Los Cazadores de Pistas dieron la vuelta a la capilla y se detuvieron delante de un cuadro que había en la pared. Mostraba un grupo de hombres vestidos con ropas antiguas y sentados en torno a una mesa.

–Este cuadro representa la Última Cena, una de las imágenes más conocidas del cristianismo –explicó el Coronel bajando la voz para no molestar a las dos mujeres–. Jesús tomaba su cena junto a todos sus apóstoles, los hombres que le acompañaban y le ayudaban a predicar.

Entonces el Coronel señaló a uno de los hombres que aparecía en el cuadro.

–¿Alguien puede decirme quién es este?

Sparks y Anabel se miraron el uno al otro con cara de interrogante. Habían visto retratos similares en otras iglesias e incluso en algunas casas, pero nunca se habían interesado por los personajes ni la historia que representaban.

–Es el apóstol Santiago –les aclaró el Coronel–, uno de los seguidores de Jesús.

–¡Santiago! –repitió Sparks ilusionado–. Nosotros seguimos el Camino de Santiago y nos dirigimos a Santiago de Compostela. ¿Tiene algo que ver?

–Muy astuto, mi joven pupilo –replicó el Coronel–. Se dice que el apóstol Santiago está enterrado en la ciudad a la que nos dirigimos. Por eso ha sido un lugar de peregrinación tan popular desde la Edad Media. Miles y miles de peregrinos de toda Europa han recorrido a pie el Camino de Santiago desde hace siglos.

Anabel y Sparks se quedaron mirando el cuadro en silen-

cio, pero el Coronel aún quería explicarles otro detalle.
–Fijaos en la copa que Jesús sostiene entre las manos –les indicó.
En el cuadro, Jesucristo estaba de pie sosteniendo una copa mientras hablaba a sus compañeros.
–Esa copa es conocida como el Santo Grial y hay muchas leyendas sobre su poder de obrar milagros. Se dice que quien beba de ella puede hacer realidad cualquier deseo.
–¡Como en la peli de Indiana Jones! –exclamó Sparks–. ¡Yo quiero beber de esa copa! Podría ser rico, o ser tan alto como Basketopoulus y convertirme en un gran jugador de baloncesto…
–El Santo Grial no debería ser usado a la ligera, y menos para pedir caprichos innecesarios. Para muchas personas es un objeto sagrado y divino. Además, nadie sabe dónde está. Tanto cristianos como cazatesoros lo han buscado durante siglos y no lo han encontrado. Incluso el rey Arturo y sus caballeros anduvieron tras su pista sin ningún éxito… –les explicó el Coronel.
Sparks siguió pensando que no le importaría echar un trago del Santo Grial, pero no insistió.
Anabel tampoco dijo nada, pero la historia que acababa

de escuchar le había dado una idea. Al Coronel Green y a Sparks no les importaba que fuera un vampiro, pero a ella le gustaría dejar de serlo. Si pudiera beber de la copa se convertiría en una humana normal y corriente.

Todos abandonaron la iglesia pensando en la leyenda del Santo Grial. Pero al salir al exterior algo distrajo la atención de Sparks. Durante todo el Camino de Santiago habían estado siguiendo unas marcas de color amarillo que estaban pintadas en el suelo o sobre las rocas. Servían para que los peregrinos no se perdieran. Sin embargo, Sparks se fijó en que en ese lugar había unas marcas negras en el suelo. Se preguntó adónde debían llevar.

–¿Qué significan esas pintadas? –preguntó el joven investigador.

–No lo sé –admitió el Coronel–. Pero vayamos a descansar. Mañana nos espera una larga caminata.

Sparks estaba agotado y necesitaba reposar, pero sentía mucha curiosidad por saber qué significaban aquellas marcas de color negro. Aprovechó que un señor del pueblo pasaba cerca para preguntárselo.

–No lo sé –respondió el señor–. Pero si vais a Santiago de Compostela debéis seguir las marcas amarillas.

Sparks ya lo sabía, pero le dio las gracias de todos modos.
–Podríamos ir a dar un paseo para saber qué significan –sugirió Sparks a los Cazadores de Pistas.
–Tenemos que descansar –le recordó el Coronel.
–Vayamos al albergue –añadió Anabel–. Mañana no pararás de quejarte porque tendrás sueño.
–Id vosotros –dijo Sparks–. Creo que iré a echar un vistazo. Tal vez las pintadas me lleven a algún lugar interesante…
No hubo forma de convencer a Sparks para que se fuera con ellos, así que dejaron que investigase aquello por su cuenta. El Coronel Green y Anabel vieron como se adentraba en el bosque y se fueron hacia el albergue.
Los Cazadores de Pistas compartían una gran habitación con otros peregrinos que también se dirigían a Santiago de Compostela. El Coronel se tumbó en la cama y empezó a leer el periódico tranquilamente. Cómo lograba conseguir siempre un ejemplar de su querido *The Times* era un auténtico misterio para sus dos pupilos. Anabel estaba preparando su ropa para hacer una colada cuando de repente se quedó paralizada.
–Tengo un mal presentimiento –confesó Anabel.

–¿De qué se trata? –preguntó el Coronel mientras guardaba el periódico.

–Sparks no tendría que haber seguido esas señales. Siento que podría estar en peligro.

El Coronel se acarició el bigote mientras valoraba las palabras de Anabel. La intuición de la vampiresa raramente fallaba. Lo mejor era ser prudente y hacerle caso.

–Vamos a buscarle –resolvió.

El Coronel Green y Anabel Vamp guardaron sus cosas en la mochila y salieron del albergue, dispuestos a seguir la pista de Sparks.

2

Sparks se adentró solo en el bosque. Las marcas negras que estaba siguiendo no le llevaban por ningún camino, sino a través de la espesura. Pasaba entre árboles y matorrales y, de vez en cuando, veía las pintadas, que le indicaban que estaba yendo por el buen camino.

Estaba oscureciendo y empezó a llover. Sparks se preguntó si no sería mejor regresar al albergue, pero sentía mucha curiosidad. Aquellas señales eran lo más parecido a un caso que había encontrado desde que los Cazadores de Pistas habían empezado el Camino de Santiago. Su pelo de color naranja estaba empapado por la lluvia y le dolían las piernas de tanto caminar, pero decidió que llevaría su investigación hasta el final.

Siguiendo el rastro llegó hasta un claro en el bosque. Estaba examinando las marcas pintadas en un viejo tronco cuando tuvo una extraña sensación: se sentía observado. De pronto, sintió miedo. Sacó el móvil para llamar a sus amigos, pero enseguida pudo comprobar que no tenía cobertura.

–¡Maldita sea! ¡Estoy harto del Camino de Santiago! ¡Quiero volver a la ciudad, donde mi móvil y mi ordenador funcionan sin ningún problema! –se quejó voz alta.

No le quedaba otra que seguir adelante, pero cada vez había menos luz y más agua en el suelo. Pronto sería de noche y cada vez era más complicado ver las señales que le habían de servir para regresar al pueblo.

Hizo una visera con la mano para evitar que la lluvia le diera de lleno en la cara y siguió avanzando. En una roca pudo identificar los dibujos de color negro que le habían llevado hasta allí. Miró a su alrededor, pero no vio a nadie. Estaba completamente solo. Se acercó a la roca para verlos más de cerca cuando, de repente, notó que el suelo cedía bajo su peso. Mientras caía, Sparks lanzó un grito de pánico...

–¿Has oído eso? –dijo Anabel.

–¿El qué? –respondió el Coronel Green.

Se encontraban en medio de la espesura del bosque, mojándose como pollos, y buscando las marcas negras. La tarea cada vez era más difícil porque cada minuto había menos luz. Estaba anocheciendo y aún no habían encontrado ni rastro de su amigo.

Anabel Vamp había oído el grito de Sparks, pero no había reconocido su voz. Con el ruido del chaparrón había resultado imposible, incluso para una vampiresa como ella.

–Supongo que no era nada... –concluyó Anabel.

Dejó de llover pero continuaron caminando. Por suerte, la vampiresa tenía muy buena vista y no le resultaba demasiado difícil localizar las señales negras a pesar de la penumbra. Al cabo de un buen rato, llegaron al claro del bosque donde acababan las pintadas. Había un hoyo profundo en el suelo, como si alguien lo hubiera cavado para poner una trampa. El joven investigador no estaba allí, pero había algo en el fondo del agujero que les llamó la atención. Anabel no lo pensó dos veces y saltó dentro. Entre las ramas rotas encontró un objeto metálico.

–El móvil de Sparks –señaló Anabel mientras lo recogía del suelo–. No tiene cobertura.

–Esto no me gusta nada –añadió el Coronel mientras la ayudaba a salir del agujero–. ¿Dónde se habrá metido?

–¡Sparks! ¿Nos oyes? ¡Sparks! –gritó Anabel.

Pero no recibieron ninguna respuesta. Siguieron caminando entre los árboles, pero no encontraron más marcas negras por ningún lado. El Coronel Green y Anabel empezaron a ponerse nerviosos. Cada vez estaban más preocupados por su amigo.

–Las señales acababan en aquel lugar. Y allí encontramos su móvil. Algo tiene que haberle pasado –comentó el Coronel.

–La verdad es que tiene muy mala pinta –respondió Anabel.

Siguieron andando, apartando los matorrales para abrirse paso y con la ropa todavía chorreando. Probablemente acabarían con un buen resfriado, pero no les importaba. Sólo querían encontrar a Sparks.

Al cabo de un rato dieron con un pequeño camino que les llevó a una casa de campo perdida en el bosque. Les pareció ver luz en el interior.

–Podríamos preguntar si saben algo de Sparks –sugirió Anabel.

–Buena idea –dijo el Coronel.

Llegaron hasta la casa y llamaron a la puerta. Estaban empapados y el frío empezaba a calarles los huesos. Al cabo de un minuto, una anciana les abrió la puerta. Estaba encorvada por los años y tenía el pelo blanco.

–¿Qué desean, señores? –preguntó extrañada.

–Estamos buscando a un amigo –respondió el Coronel–. Creemos que podría haberse perdido en el bosque. Es un chico bastante joven. Es pelirrojo y se llama Sparks.

–Oh, el chiquillo estaba preocupado por ustedes. Qué rápido le han encontrado. Pasen, pasen… está en el comedor –dijo la anciana invitándoles a entrar.

Cruzaron la casa hasta llegar al salón y, en efecto, allí se encontraba Sparks. Estaba cómodamente sentado en una butaca junto al fuego de una chimenea. Tenía una toalla en la espalda y la pierna derecha colocada encima de una silla. No parecía encontrarse demasiado mal. Por lo menos no había perdido el apetito. En su regazo sostenía un plato con una hogaza de pan tostado, longaniza, chistorra y un buen trozo de morcilla. Tenía la boca llena cuando vio a sus amigos.

–¡Nosotros preocupados por ti y tú aquí comiendo tan tranquilo! –le reprochó Anabel.

–Lo siento… –consiguió disculparse con la boca llena–. Es que me he lastimado una rodilla.

–Es verdad –intervino la mujer–. Oí su grito y le encontré metido en un foso. Le ayudé a salir y ha llegado hasta casa cojeando.

Sparks abrió los brazos a modo de disculpa. Su expresión parecía decir: "lo siento, no podía rechazar esta apetitosa hogaza de pan, ni la morcilla, ni tan siquiera la chistorra…".

–Sea como sea, el chico necesita reposo –continuó la anciana–. No puede caminar con esta rodilla lastimada. Además, fuera está todo encharcado y hace frío. Sentaos junto al fuego y descansad. Podéis pasar aquí la noche si lo deseáis.

–No querríamos ser ninguna molestia –se disculpó el Coronel.

–No lo sois. Estoy un poco sola y me va bien tener compañía. Os traeré toallas para que podáis secaros y os prepararé algo para comer.

La viejecita no parecía darles otra alternativa, de modo que Anabel y el Coronel se sentaron cerca del fuego para calentarse. La casa era muy acogedora y Erminia, que es como se llamaba la mujer, les trató muy hospitalariamente. Tomaron una buena cena al calor del fuego y, cuando terminaron, el Coronel Green puso sobre la mesa el tema que le preocupaba.

–Todo parece indicar que Sparks cayó en una trampa. ¿Quién debió ponerla? –se preguntó en voz alta.

–Tal vez un cazador –sugirió Sparks.

–Un cazador no pintaría marcas en las piedras y árboles para guiar a los animales hasta el agujero... No, no tiene sentido –reflexionó Anabel.

–Yo creo que han sido las meigas... –dijo Erminia.

–¿Las meigas? –repitió Sparks–. ¿Qué son las meigas?

–Una especie de brujas. Predicen el futuro, vuelan por el cielo montadas en escobas y secuestran a los niños. O por lo menos es lo que cuentan las leyendas –explicó el Coronel.

–Yo no he visto a ninguna, pero todos los cuentos que se explican por aquí hablan de ellas. Se dice que son muy malvadas –dijo la anciana enigmáticamente.

–Las meigas son sólo personajes de leyenda –objetó Anabel–. No creo que sea cosa suya.

–Bueno… hasta hace poco yo no creía en vampiros y ahora estoy seguro de que existen –comentó Sparks.

Anabel le echó una mirada fulminante y el joven investigador se dio cuenta de que acababa de meter la pata. Erminia le observaba llena de curiosidad.

–¿Habéis conocido alguna vez a un vampiro? –preguntó la mujer.

–No… no, no, no… –repuso Sparks muy nervioso–. No sé por qué lo he dicho, debe de ser por el golpe, que me ha dejado un poco raro.

Por suerte, Erminia no hizo más preguntas y no hablaron más de vampiros. Antes de irse a dormir, sin embargo, la anciana les contó un par de cuentos sobre meigas. Sparks sabía que aquellas historias sólo servían para asustar a los niños, pero cuando se tumbó en la cama decidió echar las cortinas. No quería arriesgarse a ver aparecer alguna bruja volando en su escoba junto a la ventana.

3

A la mañana siguiente, Sparks aún sentía dolor en la rodilla. Erminia le dijo que tenía que descansar y se ofreció para prepararle una pomada que le curaría la lesión. La anciana le contó que saldría al bosque para recoger plantas medicinales y flores con propiedades curativas.

–No será usted una meiga, ¿no? –le preguntó Sparks, que pensaba que aquello de recoger plantas en el bosque era muy misterioso.

–No –le tranquilizó la mujer–. Pero si fuera una meiga, sería una meiga buena. Descansa y no te preocupes por nada.

Por su parte, el Coronel Green y Anabel sentían curiosidad por descubrir quién estaba detrás de la trampa en la que había caído Sparks. No creían que se tratara de meigas, de manera que optaron por hacer una visita a los habitantes de la zona por si podían encontrar alguna pista. Sólo había tres familias en los alrededores: los Galdo, los Carrasco y los Taboada. Todos vivían en casas en el bosque, muy separadas las unas de las otras.

El Coronel Green y Anabel visitaron en primer lugar a los Galdo, una gente simpática y agradable. Eran pastores de ovejas y les invitaron a probar un queso que elaboraban ellos mismos con la leche de su rebaño. Anabel lo rechazó educadamente, pero al Coronel Green le pareció muy rico. Cuando los interrogaron, los Galdo se quedaron muy sorprendidos. Les contaron que ellos no ponían trampas en el bosque. En aquella familia no había cazadores y dudaban mucho de que en aquellos parajes viviera alguna meiga.

Con la familia Carrasco tampoco tuvieron suerte. No sabían nada del incidente de Sparks ni de los hoyos en el suelo. Como también eran amables y hospitalarios les obsequiaron con una botella de orujo, un licor muy popular en Galicia que ellos mismos destilaban en casa. El Coronel Green tomó un sorbo y al instante se puso rojo como un tomate. Nunca antes había probado algo tan fuerte y

tuvo un ataque de tos. Aceptó el regalo por cortesía, pero pensó que nunca volvería a tomar otro sorbo.
La tercera y última familia que vivía por los alrededores eran los Taboada. El padre se llamaba Alejandro y era un leñador alto y fuerte, con una gran barba negra. Le encontraron en el porche de su casa partiendo troncos con un hacha. Aunque el día era muy frío no llevaba camisa, y pudieron ver cómo sus músculos se movían cada vez que partía un trozo de leña.
–Buenos días –le saludó el Coronel–. ¿Tiene cinco minutos para nosotros?
–Y diez, si hace falta –respondió el leñador dejando el hacha–. ¿En qué puedo ayudarles?
–Un amigo ha tenido un accidente. Cayó en una trampa que había en el bosque y se ha lastimado una rodilla –le explicó el Coronel.
–Espero que se recupere pronto –contestó el hombre–. Aunque me parece muy extraño que hubiera una trampa… A veces voy a cazar a la montaña, pero no utilizo ese sistema para atrapar a los animales. Yo siempre disparo con la escopeta.
En aquel momento Anabel se dio cuenta de que alguien

más estaba pendiente de aquella conversación. Dos niños de entre seis y ocho años asomaban la cabeza por una puerta. Eran los hijos de Alejandro Taboada.

–Siento no poder ayudarles a resolver el misterio, pero a cambio puedo ofrecerles algo para desayunar. Mi esposa prepara unos huevos fritos con chorizo deliciosos –les invitó el leñador.

–Yo no tengo hambre –se disculpó Anabel.

–Yo sí –respondió el Coronel–. Me encantaría probar esos huevos.

Anabel no les quitaba el ojo a los chiquillos. De pronto, vio que susurraban algo y salieron corriendo a toda velocidad.

El Coronel aprovechó que Alejandro estaba entrando en la casa para decirle unas palabras al oído a Anabel.

–No pierdas de vista a los dos mocosos. La gente huye cuando tiene algo que esconder. Comprueba si tienen algo que ver con lo que le ha ocurrido a Sparks –sugirió.

Anabel asintió con la cabeza y dejó que el Coronel entrara solo a desayunar. Se aseguró de que nadie estuviera mirando y se transformó en murciélago. Sería una buena manera de espiarles sin que se dieran cuenta.

La vampiresa voló en la dirección en la que habían escapado los niños y pudo oír sus voces en el granero. Entró y se colgó del techo, con las alas plegadas y los ojos atentos a cualquier movimiento. Los pequeños estaban discutiendo mientras rebuscaban entre la paja.

–Está aquí –dijo el mayor–. Tenemos que esconderlo, porque papá se enfadará mucho con nosotros si lo encuentra.

–Pero, ¿dónde? –replicó el más pequeño.

–¡Ya lo sé! ¡Lo enterraremos en el bosque! –sugirió su hermano.

Anabel se fijó en los objetos que tenían en las manos. Parecían un bote de pintura negra y una brocha.

Los niños salieron corriendo del granero y se dirigieron hacia el bosque. La Cazadora de pistas les siguió volando bajo la forma de murciélago. Colgada de la rama de un árbol pudo ver como los dos hermanos cavaban un hoyo. Le pareció que había llegado el momento de actuar. Se convirtió otra vez en humana y se plantó delante de los niños.

–¿Qué estáis haciendo? –les preguntó de repente con la cara muy seria.

–Nada –respondió el mayor mientras ocultaba el bote de pintura y la brocha.
–Sólo hacíamos un agujero para pasar el rato –dijo el menor.
–¿Qué escondes detrás de la espalda, chico? –preguntó Anabel.
–Nada –repitió el hermano mayor.
–Estáis mintiendo –les acusó la chica–. Ahora mismo iréis a explicarle a vuestro padre qué está pasando aquí.
Los dos niños bajaron la cabeza avergonzados. Les habían pillado con las manos en la masa.

Los hijos del leñador aún caminaban mirando al suelo cuando entraron en el comedor de su casa. El Coronel Green y Alejandro, el padre de los niños, se estaban zampando con toda la tranquilidad del mundo unos huevos con chorizo. Anabel miró severamente a los chiquillos esperando a que confesaran su travesura.
–Papá, tenemos que contarte una cosa –dijo el mayor.
Aún tenía las pruebas del delito en la mano.
–¿Qué eso que llevas? –preguntó el leñador, oliéndose que sus hijos habían hecho alguna gamberrada.

–Es un bote de pintura y una brocha –explicó el niño–. Un día dibujamos unas marcas cerca de la iglesia. Luego pintamos más para señalar una especie de camino que llevaba hasta lo alto de la colina. Y allí hicimos un agujero en el suelo y lo tapamos para que fuera una trampa.

–¡¿Una trampa?! –repitió escandalizado el padre–. ¿Y por qué hicisteis algo así? ¿A quién queríais cazar?

–Nosotros no queríamos hacerle daño a aquel chico, papá, lo prometemos –dijo el hermano menor, que no podía dejar de pensar en la lesión de Sparks.

–Entonces, ¿qué esperabais? –preguntó el padre enfadado–. Los hoyos en el suelo son peligrosos. Si alguien cae dentro puede hacerse mucho daño…

–Pero nosotros sólo queríamos cazar meigas –se excusó el mayor–. Pintamos marcas negras porque sabemos que les gusta ese color. Y si conseguíamos cazarlas ya no se llevarían a ningún otro niño en un saco.

–¡Las meigas no existen! ¡Os lo he dicho mil veces! –exclamó el padre–. Sólo existen en los cuentos.

–Lo sentimos mucho –dijeron a la vez los dos chiquillos.

–No pondremos más trampas en el bosque, lo prometemos –añadió el menor–. ¿Podemos volver a jugar?

–Ni hablar –respondió el padre–. Un chico se ha hecho daño por vuestra culpa. ¡Estáis castigados!

El leñador dejó de lado su desayuno y se concentró en regañar a sus hijos. En cambio, el Coronel Green no dejó de comer. El misterio de la trampa ya estaba resuelto, y la comida era tan deliciosa que no quería renunciar a ella. Hundió un trozo de pan en la yema del huevo y se lo llevó a la boca.

–Exquisito. A veces los platos más sencillos son los más sabrosos –comentó el Coronel.

–Bien, parece que hemos resuelto el caso de las marcas negras –dijo Anabel.

–Tú lo has resuelto, no yo, mi querida pupila. Yo sólo me he sentado a comer unos huevos fritos con chorizo.

–Vayamos a ver qué tal se encuentra Sparks –propuso Anabel.

El Coronel tomó el último bocado del desayuno, rebañó el plato con otro trozo de pan y se levantó de la mesa.

–Seguro que nuestro buen amigo Sparks ya se encuentra mejor. Buen trabajo, Anabel. Has demostrado ser una excelente investigadora.

Aunque Anabel Vamp hizo como si no le importara lo

que acababa de oír, lo cierto es que las palabras del Coronel le hicieron sentirse orgullosa de sí misma. En el fondo de su corazón le encantaba resolver casos, aunque resultaran tan fáciles como el de las marcas negras.

Sparks había desayunado tranquilamente sentado en la butaca del comedor. Erminia apareció al cabo de un rato con una cesta repleta de plantas silvestres. El aroma de las flores era muy agradable y la anciana se sentó a su lado para preparar la pomada. Seleccionó las plantas una por una y las fue dejando en el interior de un cazo. De algunas sólo aprovechaba los pétalos de la flor; de otras, las raíces o las hojas. Una vez las tuvo seleccionadas, llenó el cazo con agua y lo puso en el fuego de la chimenea. Dejó que hirviera durante cinco minutos y machacó la preparación hasta que se convirtió en una masa verde y viscosa.
–¿Eso es una pomada? –preguntó Sparks extrañado–. Creía que las pomadas eran de color blanco.
–He preparado un ungüento natural –le explicó la mujer–. Es verde porque está hecho con plantas.
El joven investigador asintió mientras olisqueaba el contenido. Emanaba un aroma que le recordaba al bosque.

Erminia le puso pomada en la rodilla y Sparks notó primero calor y luego frío. No esperaba que aquella medicina natural funcionara, pero al cabo de un rato empezó a notar que la lesión dejaba de dolerle.

–¡Es usted magnífica! ¡Me ha curado en un periquete! –exclamó entusiasmado.

Estuvieron charlando un rato tranquilamente hasta que, de repente, la anciana se golpeó la frente con la palma de la mano.

–¡Qué cabeza tienes, Erminia! –exclamó para sí misma.

La mujer se levantó de la butaca y salió del comedor dejando a Sparks muerto de curiosidad por saber qué pasaba. Tal vez se había olvidado una sartén en el fuego o tal vez se había acordado de que tenía que hacer una llamada importante. La viejecita regresó al cabo de unos minutos.

–Mi memoria ya no es la de cuando era joven –dijo al entrar al salón–. He recordado algo que podría ser importante.

–¿De qué se trata? –preguntó Sparks impaciente.

–Tú no eres la única persona que cayó en la trampa de las meigas –dijo la señora–. Hace un par de años encontré a un hombre en el mismo foso. Era pelirrojo y con pecas, como tú, pero mayor. Él tuvo mala suerte al caer y se llevó un buen golpe en la cabeza. A la mañana siguiente ya estaba totalmente recuperado, pero había perdido la memoria. No se acordaba de nada, ni de quién era ni de por qué estaba allí. Se fue y nunca más he vuelto a verle.

–Pobre hombre –se lamentó Sparks–. Espero que haya conseguido recuperar la memoria.

–Yo también –dijo la anciana–. Pero no lo creo, porque cuando se fue de casa se olvidó su mochila. No parecía tener nada de mucho valor, pero nunca ha regresado para recogerla.

–¿Y qué había en la bolsa? –preguntó Sparks.

–Esto –contestó Erminia, y le entregó un pequeño paquete.

Sparks lo abrió y vio que contenía una copa. Realmente no parecía muy valiosa. Pero parecía antigua, porque estaba hecha de madera.

–Dentro hay un papel con unos números muy extraños. Nunca he sabido lo que significan –dijo la mujer.

Sparks abrió el sobre que había dentro de la copa y vio la hoja. Había escritas unas cifras que parecían no tener sentido. El joven no tenía ni idea de lo que podían significar.

El investigador estudió los números con atención. Hizo sumas y restas, pero no llegó a ninguna conclusión. Entonces se le ocurrió una idea. ¿Y si los números se correspondieran con las letras del abecedario? Tal vez detrás de aquellas cifras se ocultaba un mensaje secreto.
Sparks puso toda su atención en descifrar la clave y resolver el misterio.

Descifra el extraño mensaje de números en la página 133

4

Tras descifrar el mensaje oculto, Sparks cogió la sencilla copa y la observó con atención. No parecía gran cosa porque estaba hecha de madera. Pero si los creyentes y los cazatesoros la habían estado buscando durante siglos debía ser un objeto de valor incalculable. Había visto algunas películas que hablaban de la búsqueda del Santo Grial: la de los caballeros de mesa redonda y la de Indiana Jones, su preferida. El título era *Indiana Jones y la Última Cruzada* y el actor protagonista se llamaba Harrison Ford. Al joven detective le gustaban mucho las aventuras de Indiana, pero sabía que eran historias inventadas. Sin embargo, ahora tenía entre sus manos algo que podía ser real: nada más y nada menos que el Santo Grial.

Sparks pensó en llenarla de agua y darle un trago. Si era

verdad que aquel objeto hacía milagros, podía pedir cualquier deseo. Ser rico, más fuerte, más astuto que el propio Coronel Green o, incluso, tener una novia guapísima. Pero entonces Sparks recordó las palabras de su maestro: "los objetos míticos no deben ser usados a la ligera". Entonces decidió que esperaría a que llegaran sus compañeros para tomar una decisión.
A Sparks le pareció que lo más honesto era confesarle a Erminia que había descifrado el mensaje de la carta. La anciana le escuchó con atención, pero no pareció interesada en tomar un trago de la copa y pedir un deseo.
–Si esto es el Santo Grial, no debe estar en mi casa. El hombre que lo dejó quería llevarlo a Santiago de Compostela. En mi opinión, eso es lo que deberíais hacer –le dijo a Sparks.

El joven investigador no tuvo que esperar mucho rato hasta que el Coronel Green y Anabel Vamp regresaron a casa. Pero no habían venido solos. Les acompañaban el leñador y sus traviesos hijos.
–Alguien quiere pedirte disculpas, Sparks –le informó el Coronel.

Los chiquillos avanzaron un paso hacia él, avergonzados.

–Lo sentimos mucho, señor –le dijeron–. Pusimos la trampa para cazar a las meigas malas. No queríamos hacerle ningún daño.

–Acepto vuestras disculpas –respondió Sparks con una sonrisa–. Además, la señora Erminia me ha aplicado una pomada natural y ya me encuentro totalmente recuperado. No tenéis que preocuparos, pero no pongáis más trampas. Podríais hacerle daño a alguien.

–Nunca más lo haremos. Lo prometemos, señor –dijo el mayor de los hermanos.

Sparks asintió, satisfecho porque le habían llamado "señor".

Al cabo de un rato se despidieron de Erminia, del leñador y de sus hijos, y volvieron al albergue para recoger sus cosas. A continuación retomaron el Camino de Santiago. Si seguían el plan previsto llegarían a la ciudad al cabo de dos días.

No hacía ni diez minutos que caminaban cuando Sparks, que no podía contener durante más tiempo la emoción de su descubrimiento, decidió darles a sus compañeros la gran noticia.

–Cuando no estabais, Erminia me ha entregado el regalo más valioso del mundo –explicó Sparks–. ¿Adivináis qué es?
–Comida, seguro –dijo Anabel, que consideraba que Sparks era demasiado goloso.
–Ni idea, Sparks… ¿Cómo íbamos a saberlo? –dijo el Coronel.
–Una pista: es algo que la humanidad ha buscado durante siglos… el más famoso de sus tesoros… la más valiosa de sus reliquias…
–Claro, claro, Erminia te ha dado el Santo Grial, ¿no? –dijo Anabel irónicamente, sin creer que las palabras de su amigo pudieran ser verdad.
Sparks sacó de su bolsa la copa de madera y mostró a sus compañeros la carta con los números. Les contó que se trataba de un código secreto que él había conseguido descifrar. Anabel Vamp y el Coronel Green escucharon fascinados las palabras de Sparks. Aunque era increíble, todo parecía tener sentido.
–Eres un genio, mi querido pupilo –dijo el Coronel–. ¿Te das cuenta de que podrías pasar a la historia como el gran descubridor del Santo Grial?

–Podría ser falso –observó Anabel.

–Es cierto –admitió el Coronel–. Pero es de madera. Y recordad que Jesús era carpintero. ¡Podría ser el auténtico Santo Grial!

–¿Por qué no echamos un trago de la copa y comprobamos si hace milagros? –propuso Sparks.

–Nada de eso. Este no es un objeto para satisfacer caprichos –respondió el Coronel.

–Entonces, ¿qué hacemos con él? –preguntó Sparks.

–Su propietario quería llevarlo a la Catedral de Santiago de Compostela, ¿no? Pues eso es lo que haremos. Y cuando lleguemos intentaremos dar con la persona que lo encontró.

–Será difícil, porque perdió la memoria –les recordó Sparks.

–Pero nosotros somos unos buenos investigadores. Le encontraremos –concluyó el Coronel Green.

Sparks le entregó al Coronel el Santo Grial y este lo guardó en su mochila. Siguieron caminando hasta que se detuvieron en un pueblo a comer. Descansaron un rato y siguieron caminando durante toda la tarde. Cuando llegaron al albergue donde tenían que pasar la noche estaban agotados. Tomaron una buena cena y se echaron a dormir. Sparks había estado muy animado durante todo el día y apenas se había quejado por el cansancio, aunque la rodilla le dolía un poco. El Coronel Green estaba entusiasmado con el descubrimiento y había charlado alegremente durante toda la tarde. En cambio, Anabel había estado callada, demasiado callada...

En la habitación del albergue había cinco literas. Los Cazadores de Pistas la compartían con otros peregrinos que también seguían el Camino de Santiago. Bien entrada la noche todo el mundo estaba completamente dormido salvo Anabel Vamp. La vampiresa tenía los ojos abiertos como platos y se sentía incapaz de conciliar el sueño. No podía dejar de pensar en el Santo Grial. Un trago de aquella copa y podría convertirse en una humana normal y corriente. Su deseo más profundo podía hacerse realidad en un instante.

Anabel observó al Coronel Green. El famoso investigador estaba profundamente dormido. Podía escuchar claramente sus ronquidos desde su cama. Al cabo de un minuto, tomó una decisión. Apartó las sábanas sin hacer ruido y bajó de la litera muy lentamente, procurando no despertar a nadie. Silenciosa como un gato, se acercó hasta su tutor. Su mochila estaba debajo de la cama. Se arrodilló y alargó el brazo para cogerla. De repente, el Coronel se agitó en sueños y se movió. Giró la cabeza hacia ella, pero no llegó a abrir los ojos. Al cabo de unos segundos ya estaba otra vez roncando.

Anabel estaba muy nerviosa. Si su corazón de vampiresa pudiera latir, lo haría a gran velocidad. Tiró de la bolsa cautelosamente y la sacó de debajo de la cama. Muy lentamente, abrió la cremallera. Allí estaba el Santo Grial. Aquella simple copa de madera podía hacer realidad su sueño: volver a ser humana. Las manos le temblaban cuando se introdujeron dentro de la mochila. Agarró el cáliz procurando no hacer ningún ruido y cuando estaba a punto de sacarlo vio que el Coronel dejaba de roncar. Con un movimiento rápido se escondió debajo de la cama.

Anabel se quedó inmóvil. No estaba segura de si el Coronel la había oído o visto. Notó como se movía inquieto. Contuvo la respiración deseando que ningún peregrino se despertara con ganas de ir al baño o de beber agua. Le daría mucha vergüenza que la encontraran debajo de la cama de su maestro. ¿Cómo podría explicar algo así? Seguro que la tomarían por una ladrona.

–Sólo un sorbo. Es todo lo que necesito del Santo Grial. Entonces lo devolveré a la mochila del Coronel –se prometió Anabel.

Esperó unos minutos sin moverse hasta que volvió a escuchar los ronquidos del Coronel Green. Entonces, muy lentamente, salió con la copa en las manos. Miró a su tutor: parecía tener un sueño de lo más apacible.

Anabel se dirigió hacia la ventana, la abrió y se plantó en la calle de un salto. Se dirigió hacia la plaza del pueblo con paso rápido. No podía creer que lo hubiera conseguido. Llegó hasta la fuente y llenó el Santo Grial con agua. El agua le parecía algo asqueroso. Prefería la sangre, aunque siempre se alimentaba de zumo de tomate. Pero ahora estaba dispuesta a tragársela si con ello conseguía hacer realidad su sueño.

–Deseo ser humana –dijo en voz alta.

Estaba a punto de llevarse la copa a los labios cuando la interrumpió una voz.

–¿Estás segura de que eso es lo que quieres?

Era el Coronel Green. Anabel le miró sorprendida. No le había oído llegar y estaba convencida de que se había quedado dormido en el albergue.

–¿Cómo has sabido que estaba aquí? –preguntó.

–Mis ronquidos no debieron engañarte, Anabel. He estado en el ejército toda mi vida y los militares tenemos el sueño muy ligero –aseguró el Coronel.

No parecía enfadado. Simplemente estaba allí, de pie, mirándola.

–Voy a beber del Santo Grial –dijo Anabel–. Quiero ser humana.

–Ya lo sé –respondió el Coronel–. Pero creo que cometerás un grave error si bebes de esta copa. Ahora quieres dejar de ser un vampiro, pero… ¿y si luego te arrepientes?

–Estoy muy segura de lo que quiero –replicó Anabel.

–Piénsalo durante unos días –le pidió el Coronel–. Si al final decides beber del Santo Grial yo te apoyaré.

–No habrá otra oportunidad –dijo la chica–. Mañana llevaremos la copa a la Catedral de Santiago y la perderemos de vista.

–Habrá otra oportunidad, te lo prometo. Te doy mi palabra de caballero inglés de que si dentro de unos días aún quieres beber y pedir un deseo, yo te ayudaré a conseguirlo.

Anabel Vamp sabía que cuando el Coronel Green daba su palabra de caballero inglés iba muy en serio. Aunque deseaba fervientemente convertirse en humana decidió hacerle caso a su maestro. Arrojó el agua al suelo y devolvió el cáliz a su tutor.

–Vámonos a dormir. Mañana nos espera un día lleno de emociones –le pidió el Coronel.

Regresaron al albergue y se tumbaron en la cama. El Coronel Green empezó a roncar al cabo de unos minutos, pero Anabel no consiguió dormirse. No dejaba de preguntarse si debería haber bebido del Santo Grial.

A la mañana siguiente los Cazadores de Pistas se levantaron muy temprano, antes incluso de que hubiera amanecido. Se ducharon, se vistieron y tomaron un buen desayuno. Habían repetido el mismo ritual durante todo el mes, pero aquella mañana era diferente. Tras las duras jornadas siguiendo el camino llegarían por fin a su destino: la ciudad de Santiago de Compostela.

Sparks, que no se había enterado de lo que había ocurrido

por la noche con Anabel y el Santo Grial, estaba de lo más alegre.

–Nunca había tenido tantas ganas de llegar a un sitio. No os podéis imaginar la ilusión que me hace entrar por fin en Santiago de Compostela –reconoció mientras acababan de desayunar.

Poco después emprendieron el camino. Anabel no había pegado ojo en toda la noche y se sentía cansada, pero tal y como era habitual en ella, no se quejó. En cambio, Sparks estaba de lo más parlanchín. No dejó de hablar durante todo el trayecto. En un par de ocasiones incluso se atrevió a entonar una canción, desafinando tanto que los pájaros huían asustados.

–Si sigues cantando va a llover –le reprochó Anabel.

–¡Únete a mí! ¡Cantemos juntos! –propuso Sparks animosamente.

–¡Cállate ya, Sparks! ¡Me duele la cabeza de tanto oírte! –gritó Anabel.

Sparks no solía hacer caso del mal humor de su amiga, pero desde que sabía que era una vampiresa, intentaba no provocarla más de la cuenta. Dejó de cantar, pero sólo consiguió permanecer en silencio durante un par de minutos. Cuando se olvidó del enfado de Anabel se puso a hablar de fútbol como si no hubiera pasado nada. Contó a sus amigos que había leído en un periódico que la final de la Copa del Rey entre el Real Madrid y el Celta de Vigo se celebraría en La Coruña.

–La Coruña está muy cerca de Santiago de Compostela. Podríamos ir a ver el partido al estadio –propuso Sparks.

–Ya veremos –dijo el Coronel Green, y siguieron caminando en silencio.

Al cabo de unas horas llegaron a su destino, y todos se sintieron emocionados. Santiago de Compostela era una ciudad tan hermosa como antigua. Recorrieron sus calles estrechas contemplando fascinados sus edificios históricos, algunos de ellos tenían siglos de antigüedad. La ciudad era tan bonita que por un rato incluso Anabel se olvidó de sus problemas.

Finalmente entraron en la gran plaza del Obradoiro. Allí estaba la enorme y esplendorosa Catedral de Santiago. Se quedaron pasmados contemplándola. Era inmensa, una obra impresionante de la arquitectura medieval. Sparks notó como los ojos se le humedecían y un par de lágrimas le resbalaron por las mejillas. Estaba emocionado. Por primera vez sentía que había merecido la pena recorrer a pie tantos kilómetros. Lo habían conseguido. Habían completado el Camino de Santiago.

–Aquí acaba el Camino –dijo el Coronel–. Entremos en la catedral y disfrutemos de nuestra proeza.

Sparks se había quedado mudo. Aquel edificio no tenía nada que ver con las iglesias que habían visto a lo largo de la ruta. Estaban entrando en una de las catedrales más importantes del mundo.

Una vez en el interior el joven detective se sintió pequeño como una hormiga. Nunca había visto unos techos tan y tan elevados. La catedral estaba llena de altísimas columnas y numerosas esculturas decoraban las paredes. Había filigranas de oro por todas partes y Sparks se quedó maravillado contemplándolas. Caminaron por el pasadizo central, que tenía filas de bancos a ambos lados. Allí se sentaban los creyentes para rezar

o escuchar misa. Cuando llegaron al centro el Coronel Green se detuvo.

–Fijaos en la forma que tiene esta parte de la catedral. ¿A qué os recuerda? –preguntó a sus pupilos.

–Tiene forma de cruz –observó Anabel.

–Exacto –dijo el Coronel–. Ese es el símbolo de los cristianos. Se dice que Jesús fue clavado en una cruz y que sus seguidores recogieron su sangre en una copa…

–¿El Santo Grial? –preguntó Sparks–. ¿La copa de madera que encontramos en casa de Erminia?

–Aún no podemos estar seguros de que sea auténtica, pero sí, Sparks, dicen que la copa que se usó para recoger la sangre de Jesús era el Santo Grial.

–Y ahora, ¿qué haremos? –preguntó el joven.

–Hablaré con el padre Antonio, un sacerdote amigo mío, y le entregaremos la copa. Seguidme.

Sparks y Anabel siguieron al Coronel. No hicieron ningún comentario al respecto, pero los dos se preguntaban cómo era posible que su maestro tuviera tantos amigos repartidos por todo el mundo.

El investigador habló con un capellán y este les condujo hacia un patio interior que estaba en la misma catedral.

El Coronel les explicó que aquella parte de la iglesia se llamaba claustro y que era un lugar de reposo y meditación. Había un pequeño jardín con árboles y Sparks pensó que allí se respiraba paz y tranquilidad.

Entonces vieron a un anciano que estaba mirando debajo de una baldosa mientras sujetaba tres papeles en la mano. Después de comprobar que no había nada debajo de la losa, la volvió a colocar en su lugar e intentó levantar la siguiente.

–¿Se encuentra bien, padre Antonio? –preguntó el Coronel Green.

El hombre se levantó pesadamente del suelo. Vestía una sotana y se notaba que le dolía la espalda. Eso sí, parecía muy contento de volver a ver a su viejo amigo.

–¡Coronel Green! –exclamó al verle–. ¡Ha pasado mucho tiempo!

–Demasiado –reconoció su amigo–. Le presento a mis pupilos: Anabel y Sparks.

–He oído hablar muy bien de ellos. Los Cazadores de Pistas son famosos en todo el mundo… –comentó el padre Antonio mientras los dos investigadores se miraban sorprendidos.

–Chicos, este es mi amigo Antonio, un sacerdote que suele dar sermones en la Catedral de Santiago –dijo el Coronel Green.

Al Coronel le pareció muy extraño que estuviera levantando las baldosas del suelo y quiso saber por qué.

–¿Qué le ocurre, padre Antonio? ¿Por qué estaba haciendo eso?

–Es por una broma del padre Fermín. Yo acababa de escribir el sermón para la misa del jueves y he ido un momento al baño. Cuando he vuelto mis papeles habían desaparecido –explicó.

–Y, ¿cómo sabe que ha sido el padre Fermín? –le interrogó el Coronel.

–Porque me lo ha dicho él mismo. Le gusta gastar bromas y ha decidido esconder las cinco páginas de mi sermón debajo de las baldosas del claustro. Hasta el momento sólo he encontrado tres y ya empieza a dolerme la espalda de tanto agacharme –dijo mientras les mostraba tres hojas escritas con su puño y letra–. También me ha dicho que si usaba la lógica matemática y contaba las baldosas de una en una las encontraría en un periquete, pero no entendí a qué se refería y las estoy levantando todas.

–Lógica matemática –repitió el Coronel Green–. Veamos, ¿dónde encontraste las páginas?
El padre Antonio le mostró donde había localizado las tres hojas. La primera estaba en la baldosa nº 4, la segunda en la nº 8 y la tercera en la nº 16.
–El padre Fermín ha utilizado una secuencia de números: 4-8-16... Aún nos faltan dos por descubrir. ¿Alguien puede decirme dónde están las otras dos páginas? –preguntó el Coronel.
Ni Anabel, ni Sparks, ni el padre Antonio fueron capaces de deducir dónde estaban escondidas las otras hojas del sermón, de modo que el Coronel Green tuvo que resolver el misterio él mismo. Empezó a contar las baldosas una por una hasta que se detuvo. Se agachó y alzó la baldosa que quedaba a sus pies. Allí estaba la cuarta página. Siguió caminando mientras contaba baldosas y se paró otra vez. Volvió a acertar y le entregó la última página del sermón al padre Antonio.
–Aquí la tienes, mi buen amigo –dijo el Coronel.
–¿Cómo lo ha logrado? –preguntó admirado el clérigo.
–Me he limitado a seguir la lógica matemática –respondió su amigo.

THE MYSTERY Gazette

EL MISTERIO DE LA SECUENCIA MATEMÁTICA

Descubre los números que completan la serie en la página 134

El padre Antonio se quedó mucho más tranquilo después de completar su sermón y propuso que se sentaran en un banco para charlar tranquilamente.

–Y bien, ¿tienen algún nuevo caso entre manos? –preguntó el sacerdote.

–Precisamente quería hablarle de ello… –dijo el Coronel. El Coronel Green le contó cómo habían dado con aquella vieja copa de madera y por qué sospechaban que podía tratarse del Santo Grial. El padre Antonio escuchó toda la historia maravillado y cuando cogió el cáliz le temblaban las manos por la emoción.

–¡Parece auténtico! Tendremos que estudiarlo, pero todo parece indicar que nos encontramos ante un gran descubrimiento –explicó ilusionado–. ¿Quién sería el hombre que lo traía cuando perdió la memoria? Me gustaría agradecérselo también a él.

–No lo sabemos –admitió el Coronel–. Pero puede estar seguro de que los Cazadores de Pistas lo investigarán.

No quedaba mucho más por decir y el Coronel Green se despidió cordialmente de su amigo. Salieron de la catedral y buscaron un buen restaurante para comer. Querían celebrar que habían logrado terminar el Camino de Santiago, así que optaron por una famosa marisquería de la ciudad.

–Galicia es el mejor lugar del mundo para comer pescado y marisco –explicó el Coronel–. Aquí podremos saborear los mejores pulpos, centollos, ostras, navajas, gambas y almejas que se pueden encontrar. Te encantará, Sparks.

Y acertó. Sparks se volvió loco con las fuentes de comida que les sirvieron. Tuvo algún reparo cuando vio que las ostras se comían vivas, pero cuando las probó se dio cuenta de que eran exquisitas y repitió varias veces. Anabel, por su parte, renunció a su tazón de zumo de tomate y se tomó un gazpacho típico español. Eso sí, les pidió a los camareros que no le pusieran ajo. Y es que Anabel, como todos los vampiros, no podía soportar el ajo.

Cuando ya habían terminado los postres y el Coronel Green se estaba tomando un café, sonó su móvil. Escuchó sin decir ni una palabra durante unos minutos y, tras despedirse de su interlocutor, colgó.

–¿Quién era? –preguntó Sparks.

–El padre Antonio –respondió el Coronel–. Mañana se celebrará una gran misa en la catedral para reunir a historiadores, científicos y periodistas, durante la cual se mostrará el Santo Grial para que todos puedan verlo. Nosotros también estamos invitados. Me parece, estimados pupilos, que los Cazadores de Pistas vuelven a ser noticia en todo el mundo…

Todo iba viento en popa, pero los tres amigos no sabían que al día siguiente se produciría un terrible acontecimiento, un suceso que ni el más astuto de los investigadores podía prever.

5

La noticia estaba en todos los periódicos y en la calle no se hablaba de otra cosa. Todos sabían que los Cazadores de Pistas habían descubierto el Santo Grial y lo habían donado a la Catedral de Santiago. En *La Voz de Galicia*, un diario local, había incluso una entrevista al Coronel Green donde el famoso investigador contaba cómo habían encontrado el cáliz. El Coronel había declarado que no tenían ninguna certeza de que aquella copa fuera auténtica, pero todo el mundo lo daba por hecho. Sin embargo, hasta que los científicos no lo estudiaran, nadie podría estar seguro.

Tumbado en el sofá de la habitación del hotel, Sparks estaba entusiasmado porque habían publicado una foto suya en la portada de otro periódico local.

–¿Creéis que he salido guapo? –preguntó.

–Has quedado muy bien –le dijo el Coronel.

–Tan guapo que todas las chicas de Santiago de Compostela deben de estar esperándote en la puerta para pedirte una cita –se burló Anabel.

Pese a las bromas de su amiga, Sparks se sentía muy orgulloso. En las entrevistas el Coronel había declarado que sin la astucia de su joven pupilo no habrían descubierto que aquella copa podía ser el Santo Grial.

Sparks siguió leyendo el periódico para comprobar si comentaban algo más sobre los Cazadores de Pistas, pero no había nada más. Entonces buscó la sección de deportes. Una noticia explicaba que la joven estrella del Celta de Vigo, Xairo Texeira, se había lesionado en un entrenamiento y no se sabía si podría jugar la final de la Copa del Rey. Sparks había oído hablar mucho de aquel jugador. Sólo tenía diecisiete años, pero ya era un gran futbolista. Jugaba como delantero centro y, gracias a sus goles, el Celta de Vigo estaba a punto de volver a Primera División. Clubes como el Barça y el Madrid se habían fijado en él y querían ficharle. Incluso el entrenador de la selección española de fútbol quería llevárselo a la próxima Eurocopa.

–El Real Madrid tiene un equipo muy fuerte. Si el Celta de Vigo juega sin Xairo seguro que va a perder –comentó Sparks.

Pero ni Anabel ni el Coronel Green eran demasiado aficionados al fútbol y no habían oído hablar de aquel jugador. Aunque no les interesaba la final de la Copa del Rey, Sparks estuvo hablando sobre el tema hasta que salieron a la calle.

A las puertas del hotel no había ninguna chica esperando a Sparks, y Anabel siguió tomándole el pelo. Incluso paró a una chiquilla que paseaba por la calle, le mostró la foto de Sparks y le preguntó si le parecía que era guapo.

–Parece muy simpático –contestó la joven mirando a Sparks, que se puso rojo como un tomate.

–Déjalo ya, Anabel. Me estás avergonzando –le suplicó Sparks.

Pero Anabel se lo estaba pasando en grande y siguió con el juego de preguntar a las chicas con las que se iban cruzando hasta que llegaron a la plaza del Obradoiro. Se quedaron muy sorprendidos por la cantidad de gente que allí había. La noticia del descubrimiento del Santo Grial había atraído a muchos curiosos. Varios coches de policía y hombres uniformados vigilaban para que no hubiera ningún altercado.

–¿Por qué hay tantos policías? –preguntó Sparks.

–Por precaución –respondió el Coronel–. La catedral estará llena de gente importante.

Caminaron hasta la puerta y se abrieron paso entre la muchedumbre de curiosos que se amontonaba en las escaleras. Pese a que el templo era inmenso y en el interior cabía mucha gente, sólo dejaban pasar a los invitados especiales. Los Cazadores de Pistas no tuvieron ningún problema para entrar y se acomodaron en unos asientos de las últimas filas.

En pocos minutos la Catedral de Santiago quedó abarrotada de gente. A Sparks le impresionó el gran número de capellanes que había en el altar. Algunos incluso vestían con sotanas rojas, mucho más lujosas que las otras, y el Coronel Green le explicó que eran cardenales, curas bastante importantes. Uno de ellos sostenía entre sus manos el Santo Grial.

–Ahora empezará la ceremonia del botafumeiro –dijo el Coronel.

–¿El botafumeiro? ¿Qué es eso? –preguntó Sparks.

El Coronel señaló el techo. Vieron una especie de gran vasija plateada atada a unas cuerdas. Unos señores que vestían con sotanas moradas la hacían bajar soltando una cuerda.

–Es eso de allí –explicó el Coronel–. El botafumeiro es un objeto único en el mundo. Se usa en una ceremonia religiosa que prácticamente sólo se celebra en la Catedral de Santiago. Sólo se puede ver en funcionamiento en ocasiones muy especiales, como hoy. Es un privilegio que podamos contemplar este espectáculo.

–Botafumeiro... Qué nombre más raro... No parece una palabra castellana... –comentó Sparks.

–No lo es. Botafumeiro es una palabra gallega que en castellano significa "esparcidor de humo". En la Edad Media lo usaban para que la catedral oliera bien. Tienes que tener en cuenta, Sparks, que en el pasado todos los peregrinos dormían aquí dentro y, con tanta gente, el olor era muy fuerte. El botafumeiro esparcía el aroma del incienso y el carbón por todos los rincones.

Sparks entendió mejor lo que le decía su tutor cuando empezó la ceremonia. Un grupo de hombres, los llamados tiraboleiros, tiraron de la cuerda y el botafumeiro empezó a balancearse de un lado a otro, como un gran pén-

dulo. En algunos momentos parecía que se estrellaría contra las paredes de la catedral, pero los tiraboleiros lo tenían bajo control. Una oscura humareda iba invadiendo poco a poco todo el recinto.

–Qué olor más raro –le comentó Sparks a Anabel.

–Desde luego no huele a incienso y carbón –respondió la vampiresa olisqueando el aire.

Sparks empezó a notar que los brazos le pesaban mucho. Miraba el botafumeiro oscilar de lado a lado y le costaba mantener los ojos abiertos. Durante la noche había dormido muy bien, pero ahora sentía mucho sueño. Se frotó la cara para despertarse, pero resultó inútil. Tomó aire y notó el olor intenso que surgía del recipiente. Lo último que vio, antes de perder el conocimiento, fue al Coronel Green roncando plácidamente sobre un banco. Estaba más dormido que un oso en invierno.

Cuando Sparks abrió los ojos se sintió muy confuso. Algunas personas corrían de un lado a otro por la catedral, pero la mayoría estaban completamente dormidos. Anabel había desaparecido, mientras que el Coronel seguía con los ojos cerrados.

–¡Despierte! ¡Despierte! –gritó mientras le zarandeaba.

Su maestro abrió los ojos de repente.

–¿Dónde estoy? –preguntó aún medio adormilado.

–En la Catedral de Santiago. Ha ocurrido algo –le advirtió Sparks.

El Coronel se frotó la cara con las manos y se levantó. Miró a su alrededor mientras se preguntaba qué había pasado.

–El humo del botafumeiro no era de carbón e incienso –se dijo para sí mismo–. ¡Era un gas que nos ha dejado a todos dormidos! ¿Por qué alguien haría tal cosa? –se preguntó. Y al instante dedujo la respuesta–. Un momento… ¿Dónde está el Santo Grial?

La última vez que lo habían visto estaba en las manos de un cardenal. El Coronel Green y Sparks le buscaron entre la muchedumbre y le vieron levantarse del suelo. Estaba tan confundido como todo el mundo. Vio que tenía las manos vacías y se puso a gritar.

–¡El Santo Grial! ¡Han robado el Santo Grial!

El barullo se hizo más intenso. Nadie estaba quieto. El Coronel Green corrió hacia el altar y habló con serenidad para la multitud.

–Por favor, que nadie se altere. Que todo el mundo tome asiento y espere. Muy pronto sabremos qué ha pasado y podrán salir de la catedral.

Al oír las palabras del Coronel la gente pareció tranquilizarse. Algunas personas habían sufrido magulladuras al caerse al suelo por el sueño, pero nadie parecía herido de gravedad. El Coronel Green habló con la policía y les pidió que registraran a todo el mundo. Tenían que pillar al ladrón del Santo Grial, si es que aún estaba allí.

La operación les llevó un buen rato, pero al final todos los invitados a la ceremonia regresaron a su casa y la catedral quedó vacía. El Coronel Green y Sparks, por su parte, fueron invitados a participar en una reunión de urgencia en uno de los claustros del templo.

Mientras se dirigían hacia allí, Sparks le confió al Coronel su preocupación.

–¿Dónde se habrá metido Anabel? No me gusta nada que no estuviera con nosotros cuando despertamos…

–A mí tampoco –reconoció el Coronel–. Cuando seguíamos el Camino de Santiago Anabel me quitó el Santo Grial. Quería beber de la copa para volver a ser humana, pero le convencí de que no lo hiciera.

–¿Crees que ha sido ella? –preguntó Sparks muy inquieto.

–Aún es temprano para saberlo –dijo el Coronel–. Pero no debes decir ni una palabra de lo que te he contado. Debemos guardarlo en secreto.

Sparks asintió y siguieron caminando.

En el claustro les esperaba un nutrido grupo de cardenales. También había un par de inspectores de la policía y el padre Antonio, el amigo del Coronel Green que habían conocido el día antes. Todos se reunieron para discutir lo que había ocurrido. Un cardenal muy mayor fue el primero en tomar la palabra.

–Me temo que nos encontramos ante uno de los robos más audaces de los últimos tiempos. Alguien se ha llevado el Santo Grial delante de las narices de miles de personas... Soy un cardenal y no un detective, así que creo que lo más sensato es que la policía nos cuente qué piensa hacer.

–Soy el inspector Giameiro –se presentó uno de los policías–. Hemos comprobado que el botafumeiro ha esparcido gas del sueño. El ladrón aprovechó que todos los presentes estaban durmiendo para llevarse el Santo Grial. Conocemos su método, pero no su móvil, es decir, el motivo por el cual robó la copa sagrada. ¿Qué opina usted, Coronel Green?

El Coronel se acarició el bigote pensativamente.

–Resulta difícil determinar los motivos que tenía el ladrón para robar el Santo Grial, pero podrían ser muchos. Se dice que quien beba de esa copa podrá hacer realidad cualquier deseo. Eso nos convierte a todos en sospechosos, porque todas las personas tienen deseos ocultos. Además, el cáliz sagrado podría ser vendido muy fácilmente. Muchos coleccionistas de objetos antiguos estarían dispuestos a pagar verdaderas fortunas por él. Creo que será mejor que dejemos de lado el "por qué lo hizo" y nos concentremos en "quién pudo hacerlo".

–Un ladrón profesional, sin lugar a dudas. El gas del sueño ha sido usado otras veces para perpetrar increíbles robos –intervino el inspector de policía.

Sparks miró a su maestro. El Coronel Green no parecía estar de acuerdo con las palabras del inspector.

–Los agentes vigilaban la puerta de entrada de la catedral. ¿Alguien salió durante la ceremonia? –preguntó el Coronel.

–Nadie, señor –respondió uno de los policías.

–Eso significa que el ladrón conocía bien la Catedral de

Santiago. Sabía por dónde salir sin que nadie le viera, quizás por alguna puerta secreta…

–¿Qué insinúa, Coronel? –preguntó enfurecido uno de los cardenales.

–No creo que se trate de un ladrón profesional, sino de alguien más cercano, alguien que conocía la catedral como la palma de su mano.

Las palabras del Coronel desataron las quejas de la mayoría de los presentes en la reunión.

–No creerá que ha sido uno de nosotros, ¿verdad? –intervino otro de los cardenales–. ¡Después de tantos siglos buscándolo, a ninguno se nos ocurriría robar el Santo Grial!

Todos miraban mal al Coronel, pero aquello no parecía afectarle lo más mínimo. El célebre investigador siguió con sus razonamientos impasiblemente.

–El ladrón necesitaba acercarse al botafumeiro para poder introducir allí el gas del sueño. ¿Quién se ocupa del botafumeiro?

–¡Los tiraboleiros! –exclamó un sacerdote.

Sparks recordó al grupo de hombres vestidos con sotanas moradas que tiraban de las cuerdas que propulsaban el enrome recipiente.

–¡No pueden ser ellos! –aseguró uno de los cardenales–. ¡Los tiraboleiros también se durmieron! ¡No pudieron salir de la catedral!

–Eso significaría que el Santo Grial aún está en el interior del templo –especuló el Coronel Green.

–Mucho me temo que se equivoca, Coronel –dijo una voz detrás de él–. La copa no está en la catedral.

Todo el mundo se dio la vuelta para contemplar al hombre que había hablado. Era un policía con pinta de fanfarrón que acababa de llegar. A su lado, con las muñecas esposadas, estaba Anabel.

–Les presentó a la ladrona del Santo Grial –dijo el policía–. Se llama Anabel Vamp y es un miembro de los ilustres Cazadores de Pistas.

6

Todo el mundo se quedó en silencio. Nadie esperaba que el ladrón perteneciera al equipo de los Cazadores de Pistas. Anabel Vamp estaba esposada, con una expresión muy seria en el rostro. El primero en romper el silencio fue el Coronel Green.

–Y bien, señor agente, usted presume de haber atrapado al ladrón. Supongo que también habrá encontrado el Santo Grial, ¿no?

–Lo ha escondido –aseguró el policía–. Confiesa, chiquilla, ¿dónde está la copa?

–Lo he metido en un cohete y lo he mandado a la luna –respondió Anabel–. Yo no he robado el Santo Grial, ¿cómo tengo que decírtelo para que me creas?

Casi todos los presentes miraron a Anabel con el rostro muy serio.

–¿Qué pruebas tiene de que ella sea la ladrona? –preguntó el Coronel.

–Sólo ella pudo hacerlo –respondió el policía–. Esta chica es la única persona que salió de la catedral cuando se produjo el robo. Todo el mundo salvo ella estaba completamente dormido.

Sparks se dio cuenta de que todos consideraban que su amiga era una ladrona.

–Confiesa ahora o te arrastraré hasta la comisaría para que hables –la amenazó el policía.

–¿Tú y cuántos más? –respondió Anabel encarándose al policía.

La situación era muy tensa. De repente, el Coronel Green perdió la paciencia.

–¡Basta! –gritó furioso. Avanzó unos pasos y dedicó una mirada severa a todos los presentes. El Coronel siempre mantenía la calma, pero ahora parecía muy alterado. En todo el tiempo que hacía que lo conocía, Sparks nunca lo había visto tan enfadado.

–Anabel Vamp contribuyó a encontrar el Santo Grial y a traerlo hasta la Catedral de Santiago. Tuvo dos días para robarlo si lo hubiese querido. ¿Por qué esperó a que la catedral estuviera llena de gente para hacerlo?

–Tal vez se arrepintió de no haberlo robado antes –sugirió el policía fanfarrón.
–Tal vez –aceptó el Coronel–. Pero es completamente imposible que Anabel sea la ladrona. Ayer por la mañana entregamos el Santo Grial al padre Antonio. Desde entonces no se movió de mi lado hasta el momento en que el botafumeiro empezó a esparcir el gas del sueño. ¿Alguien puede explicarme cómo pudo introducir ese gas en la vasija?
Todo el mundo se quedó callado. Algunos cardenales bajaron la mirada avergonzados.
–Anabel Vamp tiene una coartada –continuó el Coronel, muy seguro de sí mismo–. Estaba conmigo y con Sparks cuando el ladrón preparó el golpe. ¿Hay alguien en este lugar dispuesto a llamarme mentiroso?
Otra vez todo el mundo se quedó en silencio.
–Entonces exijo que le quiten las esposas a mi pupila ahora mismo –ordenó el Coronel.
El policía consultó con la mirada a su inspector jefe, quien asintió con la cabeza. Entonces sacó una llave del bolsillo y le quitó las esposas a Anabel. La vampiresa se frotó las muñecas. Se las habían apretado tanto que le dolían un poco.

–Le pido perdón en nombre de la Catedral de Santiago de Compostela, Coronel –dijo uno de los cardenales.
–No acepto vuestras disculpas –respondió tajantemente el Coronel–. Estoy muy ofendido por el trato que ha recibido mi pupila. Les ha traído el Santo Grial y se lo agradecen tratándola como una vulgar delincuente. Por ese motivo, he decidido que los Cazadores de Pistas renuncian a investigar el caso de la copa desaparecida. Vayámonos de aquí, chicos.
Dicho y hecho. El Coronel dio la espalda a todos los presentes y salió del claustro seguido por sus jóvenes amigos.
Los Cazadores de Pistas recorrieron la Catedral de Santiago sin mediar palabra. Anabel y Sparks aún estaban sorprendidos por la actitud del Coronel. Nunca le habían visto tan enfadado. También se sentían muy afortunados de tenerle a su lado. El Coronel no podía consentir que alguien les tratara mal y por eso había gritado tanto. Eso significaba que les tenía en mucha estima.
–Cálmese, Coronel, sólo ha sido un malentendido –dijo Sparks, mientras caminaban.
–No ha sido para tanto –apuntó Anabel.
–No estoy enfadado –aseguró el Coronel.

Pero Anabel y Sparks sabían que no era verdad.

Salieron del templo caminando rápidamente. De hecho, el Coronel Green andaba tan deprisa que sus amigos apenas podían seguirle. Estaban cruzando la plaza del Obradoiro cuando escucharon una voz detrás de ellos.

–¡Coronel! ¡Coronel! –gritaba el padre Antonio mientras corría tan rápido como le permitía su avanzada edad.

Se detuvieron para esperarle. El pobre clérigo llegó sin aliento. Descansó sus manos sobre las rodillas y respiró pesadamente hasta que se vio capaz de hablar–. No abandone el caso, Coronel –le rogó–. Todos están nerviosos y han sido injustos con Anabel, pero no nos deje en la estacada. Se lo pido como amigo, no abandone el caso del Santo Grial, por el amor de Dios.

–En realidad nunca he tenido la intención de hacerlo –declaró el Coronel.

Todos le miraron sorprendidos.

–¿Eso significa que buscará al ladrón, Coronel? –preguntó esperanzado el padre Antonio–. Se lo diré a todos. Se sentirán más tranquilos si saben que usted se ocupa de encontrar al culpable del robo…

–Padre Antonio, eso es precisamente lo que no quiero

que haga. El ladrón se sentirá más confiado si cree que los Cazadores de Pistas no estamos investigando. Quiero que se relaje y cometa algún error. Entonces le pillaremos.

–Entonces, ¿qué quiere que haga, Coronel? –le pidió el padre Antonio.

–En primer lugar, quiero que registren la catedral de arriba abajo. Debemos asegurarnos de que el Santo Grial no está escondido allí.

–¿Y qué más, Coronel?

–Quiero que organice otra misa con el Botafumeiro lo más pronto posible. Los Cazadores de Pistas estaremos allí con los ojos bien abiertos. Estoy seguro de que encontraremos al culpable.

El clérigo asintió con la cabeza, pero parecía que algo nuevo le preocupaba.

–¿Algún problema, padre? –le preguntó el Coronel colocándole amistosamente una mano en el hombro.

–Es que… es que… mentir no está bien, Coronel. Usted me pide que diga una mentira –dijo.

–No será necesario que mienta, padre –le aseguró el Coronel–. Cuando le pregunten diga exactamente esto: "El Coronel Green me ha pedido que os diga que no va a investigar el caso del Santo Grial". Y eso es verdad, ¿no?

–Supongo que sí –dijo el padre–. Todo sea por recuperar la copa...

Se despidieron allí mismo. El Coronel parecía más tranquilo y propuso a sus pupilos regresar al hotel para poder charlar tranquilamente.

Los Cazadores de Pistas comieron en la habitación mientras miraban la tele. Sin embargo, cuando acabaron el último bocado el Coronel Green apagó el televisor.

–Creo que ha llegado el momento de que nos expliques qué es lo que ha ocurrido, Anabel –dijo el Coronel.

–Me temo que hay poco que contar –dijo la vampiresa–. Estaba mirando el botafumeiro pensando que aquel olor era muy extraño. De pronto, me di cuenta de que la gente que estaba a mi alrededor estaba desvanecida. Por un momento pensé que estaban todos muertos y me asusté mucho. Miré a Sparks y le busqué el pulso. Entonces comprobé que sólo estaba dormido. Con usted, Coronel, fue más fácil saber que se encontraba bien, porque estaba roncando. Supongo que el gas del sueño no afecta a los vampiros, porque yo no sentí ganas de dormir.

El Coronel Green y Sparks le estaban escuchando atentamente.

–Sigue, sigue… –la apremió Sparks–. ¿Qué ocurrió después?

–Levanté la vista y miré a mi alrededor. Nadie se movía. Entonces me fijé en que el Santo Grial había desaparecido. Me quedé bloqueada, sin saber qué hacer, durante unos segundos, hasta que vi algo extraño al fondo de la catedral. No estoy segura, sólo fue un movimiento a lo lejos, pero creo que era un hombre que corría.

–¡El ladrón! ¡Seguro que era el ladrón! –exclamó Sparks.

–Eso fue exactamente lo que pensé y por eso decidí seguirle. Sabía que no podría alcanzarle bajo la forma humana y me convertí en murciélago. Volé a toda velocidad hacia aquella dirección, pero no encontré a nadie. La Catedral de Santiago es como un laberinto. Hay muchas puertas, escaleras y pasillos. No sabía hacia dónde dirigirme y subí por una de las torres. No encontré al ladrón y pensé que tal vez ya estaría en la calle. Entonces salí al exterior por una ventana y peiné los alrededores, pero no encontré ni rastro del ladrón.

–¿Y cómo te pilló la policía? –preguntó Sparks.

–Al cabo de un rato me convertí en humana otra vez. Quise volver a entrar a la catedral para comprobar si todos estabais bien y me topé con aquel policía fanfarrón. Me preguntó cómo había salido del templo. No podía decirle la verdad porque habría descubierto mi secreto, de modo que decidí no contestar a sus preguntas. El resto ya lo conocéis.

El Coronel Green y Sparks se quedaron en silencio, reflexionando. Su testimonio no les aportaba demasiadas pistas y no sabían qué conclusiones extraer de todo ello.

–¿En algún momento pensasteis que podía ser culpable del robo? –preguntó Anabel de repente.

–Se me pasó por la cabeza, pero al cabo de poco me di cuenta de que nunca harías una cosa así, Anabel. Siento haber dudado de ti –se disculpó el Coronel.

–No se disculpe. Nadie me había defendido como usted lo ha hecho.

–¡Genial! ¡Ya está todo aclarado! –exclamó Sparks–. Pero… ¿qué vamos a hacer para encontrar el Santo Grial?

–De momento nada –respondió el Coronel–. Nuestro siguiente paso será buscar al hombre que lo encontró antes que nosotros.

7

Los Cazadores de Pistas salieron del hotel a primera hora de la tarde. Su objetivo era buscar a la persona que había dejado el Santo Grial en casa de Erminia.

–No sé por dónde empezar –reconoció Sparks.

–Primero de todo debemos analizar qué sabemos sobre el hombre que buscamos –sugirió el Coronel.

–Disponemos de muy poca información –dijo Sparks, un poco desanimado–. Sabemos que recorría el Camino de Santiago, que siguió las marcas negras y cayó en la trampa de los hijos del leñador. Por culpa del golpe perdió la memoria y olvidó el Grial en casa de Erminia.

–Recuerdo que la anciana dijo que el hombre era pelirrojo –apuntó Anabel.

–Buen dato, Anabel, pero vayamos más allá. Para encontrar a alguien que ha desaparecido hay que intentar pensar como él –dijo el Coronel Green–. Sparks, ¿qué harías tú si estuvieras en la situación de aquel hombre?

–No lo sé… –respondió pensativo–. Supongo que terminaría el Camino de Santiago…

–¿Y luego? –le animó a continuar el Coronel.

–Teniendo en cuenta que había perdido la memoria, no tendría a donde ir. Supongo que al llegar iría a un hotel para pasar la noche. Y al día siguiente querría recuperar la memoria para saber quiénes eran mis amigos y dónde está mi familia. Creo que iría a un hospital.

–¡Excelente, querido pupilo! –exclamó el Coronel–. Pasaremos por todos los hospitales de Santiago de Compostela.

Los Cazadores de Pistas dedicaron toda la tarde a visitar uno por uno los hospitales y clínicas de la ciudad. Preguntaron por un paciente pelirrojo que había perdido la memoria dos años atrás. Los Cazadores de Pistas hablaron con enfermeras y médicos. Todos fueron muy amables y consultaron los ordenadores en busca de la información que les pedían, pero no tuvieron suerte.

Cuando se hizo de noche, fueron a cenar a un restaurante y se retiraron al hotel para descansar. Se sentían frustrados porque, tras horas y horas de preguntas, no habían progresado lo más mínimo. No había ni rastro del hombre pelirrojo que estaban buscando.

A la mañana siguiente los tres Cazadores de Pistas seguían un poco abatidos. No sabían por dónde seguir la investigación. Desayunaron en la habitación del hotel sin apenas cruzar una palabra. Sparks se dedicó a leer el periódico que había traído el Coronel Green de buena mañana. El robo del Santo Grial ocupaba muchas páginas, pero Sparks se concentró en la sección de deportes.

–Xairo Texeira sigue lesionado –les informó Sparks–. Aún no saben si podrá jugar la final de mañana.

–No sé de qué me estás hablando, niñato –le dijo Anabel, que se había levantado de bastante mal humor.

–¿En qué mundo vives, Anabel? Mañana se juega la final de la Copa del Rey: el Real Madrid contra el Celta de Vigo, ¡es David contra Goliat! Será un gran partido, pero sólo si juega Xairo Texeira. El Celta de Vigo ha llegado a la final gracias a su gran estrella y está perdido si no puede alinearle. No quiero ser pesado, pero me encantaría ir a ver la final al estadio. La Coruña está aquí al lado… –intentó convencerles Sparks.

A Anabel no le gustó la actitud de su compañero y lo miró furiosa.

–Han robado el Santo Grial delante de nuestras narices y tú sólo piensas en estúpidos partidos de fútbol… ¿Es que te has vuelto loco?

–¡Loco! –repitió de repente el Coronel Green–. ¡Claro que sí! ¡Anabel, has dado en el clavo!

El Coronel se levantó de la silla. Estaba muy contento, pero ni Anabel ni Sparks entendieron por qué.

–Una persona que ha perdido la memoria no va a un médico normal y corriente, va a un médico especialista –les explicó el Coronel–. El hombre que estamos buscando no fue a un hospital, sino a un centro psiquiátrico, es decir, a un hospital donde se curan problemas del cerebro.

–¿Un manicomio? ¿Con los locos? –dijo Sparks extrañado.

–Se llaman hospitales psiquiátricos y los pacientes no están locos, Sparks, tienen enfermedades o dolencias mentales. Y perder la memoria es un problema de la mente –explicó el Coronel.

No había tiempo que perder. Los Cazadores de Pistas acabaron de desayunar rápidamente y se dirigieron hacia el único hospital psiquiátrico que había en Santiago de Compostela.

El lugar no era como Sparks se había imaginado. Esperaba encontrarse con un sanatorio repleto de pacientes que hacían cosas extrañas. Pero en realidad era un lugar bastante tranquilo. Había un par de guardias vigilando la entrada, pero en el interior se respiraba mucha calma. Incluso había un jardín muy hermoso con un estanque en el que chapoteaban algunos patos. Algunos pacientes paseaban tranquilamente por allí. Los Cazadores de Pistas solicitaron entrevistarse con algún psiquiatra del centro y les pidieron que esperasen un rato.

–¿Qué diferencia hay entre un psiquiatra y un médico? –preguntó Sparks.

–Los psiquiatras son médicos –contestó el Coronel–. Estudian medicina como cualquier doctor, sólo que tienen una especialidad muy concreta. Los oftalmólogos son médicos de los ojos, los otorrinolaringólogos son médicos de los oídos y los psiquiatras son médicos de la mente. Así de simple.

Sparks se fijó en una paciente que acababa de entrar en el jardín. Vestía una bata blanca y a primera vista no le pareció que estuviera enferma. Era una chica algo mayor que él, delgada y con el pelo negro como la noche. Ella le sonrió y se acercó caminando tranquilamente.

–Eres viejo y feo –le dijo la chica con una radiante sonrisa.
Sparks se quedó pasmado. No esperaba aquellas palabras tan desagradables.
–¿Por qué me dices eso? –le preguntó.
–Porque nunca miento –respondió la muchacha–. Me desagradan los chicos altos y gordos como tú. Deseo que siempre estés enfermo. Te odio, cobarde.
Sparks se quedó mudo. No sabía cómo reaccionar ante aquel discurso sin sentido. En aquel momento, apareció una enfermera para llevarse a la paciente.
–Vamos, Marisa, no molestes más a estos señores –le pidió amablemente.
La enfermera se llevó a Marisa a pasear por otro rincón del jardín.
–¿Por qué me ha dicho estas cosas tan horribles? –preguntó Sparks al Coronel Green.
–En realidad eran cosas bonitas –le explicó el Coronel–. Esta chica habla usando antónimos. Decía exactamente lo contrario de lo que pensaba de ti.
–¿Ah, sí? –dijo Sparks confundido–. La verdad es que no estoy demasiado seguro de lo que me ha dicho…
Sparks se quedó pensando en lo que había oído. Cuando

logró entender lo que significaban sus palabras pensó que, en realidad, la chica era muy simpática.

Descubre qué es lo que quería decirle la paciente Marisa a Sparks en la página 135

Al cabo de un rato una doctora recibió a los Cazadores de Pistas. Le explicaron que estaban buscando a un hombre que había perdido la memoria y querían saber si había estado en aquel centro.

–Yo no trabajaba aquí en esa época, pero puedo buscar en el ordenador a ver si encuentro algo –se ofreció la psiquiatra.

–Si fuera tan amable, se lo agradeceríamos mucho –dijo el Coronel.

La mujer les hizo pasar a su despacho y se puso a teclear en el ordenador. Al cabo de un minuto se le iluminó la cara. Había encontrado algo.
–Ya lo tengo –dijo–. El paciente vino hace un par de años. No conseguimos hacer que recuperara su memoria, pero por el resto se encontraba perfectamente y al final le dimos el alta.
–¿Podríamos hablar con el doctor que le atendió? –preguntó el Coronel.
–Lo siento, la Dra. Martínez se jubiló el año pasado –se lamentó la psiquiatra–. Aunque tal vez la enfermera Laura se acuerde de él. Ella ya trabajaba aquí por aquel entonces…
La enfermera Laura resultó ser una chica preciosa. Tenía los ojos azules como el cielo y el pelo rubio y brillante como el sol. Estaba delgada, pero tenía la tripa muy abultada. Resultaba evidente que Laura estaba embarazada.
–Felicidades –dijo el Coronel al verla.
–Gracias –respondió Laura, sonriendo, mientras se acariciaba la barriga–. El pequeño nacerá dentro de tres meses. ¿En qué puedo ayudarles?
–Buscamos a un paciente que llegó al sanatorio dos años atrás –explicó el Coronel–. Era un hombre pelirrojo que

había perdido la memoria. ¿Se acuerda usted de él por casualidad?

Laura se echó a reír alegremente.

–Por supuesto que le recuerdo –contestó muy contenta.

–¡Qué suerte hemos tenido! –exclamó Sparks–. ¿Sabe dónde podemos encontrarle?

–En mi casa –respondió con una gran sonrisa–. El hombre al que buscáis es mi marido y el padre de mi futuro hijo.

Laura no salía del trabajo hasta el mediodía, pero les dijo que si la esperaban les llevaría hasta su casa y les presentaría a su marido. Los Cazadores de Pistas fueron a dar una vuelta y regresaron al sanatorio a la hora acordada.

Todos se montaron en el coche de la enfermera. Por el camino les explicó que su marido seguía sin acordarse de nada. Ni siquiera de cómo se llamaba. Por eso se había inventado un nombre nuevo.

–¿Qué nombre eligió? –preguntó Sparks.

–John Memory –respondió Laura–. Mi marido es director de cine. Yo creo que ya trabajaba en ello antes de perder la memoria porque le encanta mirar películas y es un experto en el tema.

Laura aparcó el coche en el garaje e invitó a los Cazadores de Pistas a entrar en casa. Era bastante grande y la decoración mostraba cuáles eran las aficiones predilectas de John Memory. Había muchas antigüedades y las paredes estaban repletas de pósters de películas de cine. A Sparks le hizo ilusión reconocer algunas de ellas.

–Mira, Anabel, este es el póster de la película *Indiana Jones y la Última Cruzada*. La protagonizó Harrison Ford. En la peli buscaba el Santo Grial. Es muy buena. ¿La has visto?

–No, pero no sería una mala idea llamar al señor Ford para que nos ayude a encontrar la copa –bromeó la vampiresa.

Laura les hizo pasar hasta el comedor y allí encontraron a John Memory. El director de cine ni tan siquiera les miró. Estaba concentrado en un papel que sostenía entre las manos.

–¡Maldita sea! ¡Esto está mal! ¡No están las palabras! –exclamó sin darse cuenta de que los Cazadores de Pistas acababan de entrar en la habitación.

–¿Qué te pasa, John? –le preguntó su esposa.

–No consigo acabar esta sopa de letras. Tengo que encontrar doce objetos necesarios para hacer el Camino de Santiago, pero sólo veo dos –se quejó.

–Deja la sopa de letras para luego –le pidió Laura dulcemente–. Estos señores quieren hablar contigo.

Al oírlo, John Memory levantó la vista.

–¡*Oh my god*! –exclamó en inglés, sorprendido–. ¡Dios mío, los Cazadores de Pistas! ¡Os he visto en todos los periódicos!

John Memory se levantó de la butaca y se acercó a ellos para darles la mano y saludarles. La anciana Erminia les había dicho que era pelirrojo, pero ahora tenía la cabeza totalmente rapada y era imposible saber de qué color era su pelo. Eso sí, se podía ver claramente que la barba era de un color rojizo.

–He leído las noticias sobre vuestra proeza –dijo el director de cine–. Me parece increíble que hayáis encontrado el Santo Grial. Os felicito.

–En realidad tendría que felicitarse a sí mismo –dijo el Coronel–. Fue usted quien lo encontró.

Los Cazadores de Pistas le explicaron con pelos y señales todo lo que les había ocurrido en San Xulián do Camiño. Le hablaron de la trampa, de la generosa Erminia y de los traviesos hijos del leñador. Finalmente le contaron cómo habían conseguido el Santo Grial.

–Los hijos del leñador se dieron cuenta de lo peligrosa que resultó aquella trampa –le dijo Sparks–. Sentimos mucho que perdiera la memoria.

–Pues yo no –respondió John Memory mientras tomaba de la mano a su esposa–. Gracias a ese incidente pude conocer a esta mujer maravillosa. Y ahora estoy felizmente casado y a punto de tener un hijo. Debería llevarles un regalo a aquellos chicos...

–El problema es que si usted no recupera la memoria nunca sabremos dónde encontró el Santo Grial. Ni tan siquiera si es auténtico –objetó Anabel.

–Es una verdadera pena, sí, pero de momento, eso no va a hacer que se retrase la comida. Tengo un hambre voraz. ¿Os apetece comer con nosotros?

Los Cazadores de Pistas aceptaron la invitación y se sentaron a la mesa con Laura y John Memory. La comida estaba exquisita. Todos, salvo Anabel, que tomó su habitual zumo de tomate, degustaron un bacalao muy sabroso y pulpo a la gallega, un plato muy popular en Galicia, que entusiasmó a Sparks.

Durante la comida hablaron de cine. John Memory era un auténtico apasionado y les contó que estaba rodando una película. Los Cazadores de Pistas se llevaron una grata sorpresa al saber que Harrison Ford actuaría en ella.

–¡Increíble! –exclamó Sparks–. Es un actor genial. Lo vi en la trilogía de *Star Wars* y en las pelis de Indiana Jones.

–Cierto, es uno de los mejores actores de la historia del cine –admitió John Memory–. Para mí es todo un privilegio contar con él.

–¡Me encantaría conocerle! –exclamó Sparks–. ¿Cree que podríamos asistir al rodaje de la película?

Aquello no pareció gustarle demasiado al director de cine. John Memory se rascó su barba pelirroja mientras pensaba, poco convencido de lo que acababa de oír.

–No sé, no me gusta que a los rodajes vengan curiosos que pueden distraer a los actores... –dijo.

–¡Déjales ir! –le pidió Laura–. Han sido muy amables al venir a contarte todo esto del Santo Grial.

John Memory se quedó callado valorando las palabras de su esposa.

–De acuerdo, pero con una condición –resolvió el director de cine–. Estaréis invitados al rodaje de mi película si me ayudáis a terminar esta maldita sopa de letras. Llevo toda la mañana intentándolo y aún no lo he conseguido.

El director de cine entregó a Sparks el lápiz y el pasatiempo. El joven investigador observó con atención la hoja de papel y empezó a buscar las palabras que faltaban. En menos de diez minutos consiguió terminarla. Sparks se sintió muy feliz. Estaba invitado al rodaje de una película y conocería a uno de sus actores favoritos, Harrison Ford.

THE MYSTERY Gazette

EL MISTERIO DE LOS OBJETOS DEL CAMINO DE SANTIAGO

Resuelve la sopa de letras de Sparks en la página 136

8

El padre Antonio no había perdido el tiempo y, tal y como le había pedido el Coronel Green, había organizado una misa con el botafumeiro. El sacerdote también había mandado registrar la Catedral de Santiago palmo a palmo, pero no habían encontrado ni rastro del Santo Grial. Fuera quien fuera el ladrón, había conseguido sacar el Cáliz Sagrado del templo y ponerlo a buen recaudo.

Los Cazadores de Pistas llegaron a la catedral de buena mañana. Su objetivo era observar de cerca a los sospechosos para averiguar quién había robado el Santo Grial.

–Recordad que se supone que los Cazadores de Pistas no estamos investigando el robo de la copa –les recordó el Coronel Green–. Así el ladrón se sentirá más tranquilo y tal vez meta la pata.

Cuando faltaban dos horas para que empezara la ceremonia se reunieron con el padre Antonio en el claustro. El sacerdote estaba muy nervioso.

–He hecho lo que usted me pidió, Coronel –dijo nada más verles.

–Buen trabajo, padre –respondió el Coronel–. Llévenos junto a los tiraboleiros, por favor.

Los tiraboleiros manejaban las cuerdas del botafumeiro. Para el Coronel Green eran los principales sospechosos porque eran los que estaban más cerca de la vasija. Y el ladrón, fuese quien fuese, había metido en su interior el gas del sueño para dormir a todo el mundo.

El padre Antonio condujo a los Cazadores de Pistas a través de unas salas y pasadizos que nunca antes habían visto. Permanecían cerradas para los peregrinos que visitaban la catedral y sólo las usaban los monjes y las personas encargadas del mantenimiento del templo. En una de las habitaciones encontraron a los seis tiraboleiros reunidos. Vestían sotanas de color morado y, a primera vista, parecían de lo más inocentes.

–Les deseo buenos días a todos –saludó el Coronel Green–. Mis pupilos y yo sentíamos curiosidad y nos preguntába-

mos si podríamos ver cómo preparan el botafumeiro.
–No hay ningún problema, Coronel –respondió uno de ellos.
–Su interés no tendrá nada que ver con el robo del Santo Grial, ¿no? –preguntó otro, más desconfiado.
–En absoluto –mintió el Coronel–. Hemos dejado que la policía se ocupe de ese asunto. Estamos seguros de que encontrarán al ladrón muy pronto.
Anabel observó atentamente a todos los tiraboleiros para ver si alguno se mostraba nervioso ante aquel comentario, pero todos parecían muy tranquilos. Estaban preocupados por el robo del Santo Grial y ninguno se explicaba cómo el ladrón había conseguido introducir gas del sueño en el botafumeiro.
Al cabo de un rato, un monje entró en la sala.
–Ha llegado Esteban Texeira –anunció.
–Iré a recibirle –dijo uno de los tiraboleiros.
Al Coronel Green le sonaba el apellido de Texeira, pero no recordaba dónde lo había oído antes. Lanzó una mirada a Sparks y su pupilo entendió lo que quería de él sin cruzar una sola palabra.
–¿Me permite que le acompañe? –preguntó Sparks.

–Claro que sí. Ven conmigo, chico –respondió amablemente el tiraboleiro.

Salieron por el pasillo y cruzaron tres puertas. Llegaron a una sala que daba a un callejón, en el exterior de la catedral. Sparks pensó que el ladrón del Santo Grial podía haber huido por aquella puerta sin que nadie le viera. Era el camino perfecto para escapar de la policía.

–¿Quién es Esteban Texeira? –preguntó Sparks.

–El carbonero –respondió el tiraboleiro–. Nos sirve el carbón y el incienso para el botafumeiro desde hace años. Es un hombre muy simpático.

La furgoneta de Esteban Texeira estaba aparcada en la calle. El carbonero, ataviado con una bufanda del Celta de Vigo, salió del interior cargando un saco de carbón y lo dejó junto a la puerta.

–Veo que traes un ayudante –comentó al ver a Sparks.

–Es un miembro de los Cazadores de Pistas –explicó el tiraboleiro.

–Creía que habíais decidido no investigar el robo del Santo Grial

–dijo el carbonero intentando disimular su preocupación.
–Así es –mintió Sparks–. Sólo estamos aquí porque sentimos curiosidad por saber cómo funciona el botafumeiro.
Esteban Texeira sonrió aliviado y le dio un saco de incienso a Sparks para que le ayudara a entrarlo en la catedral.
Se reunieron con el resto de tiraboleiros y el carbonero empezó a preparar el botafumeiro, llenándolo de carbón e incienso. El Coronel Green y Anabel Vamp se fijaron en el hombre. Los tres investigadores sospechaban claramente de él, pero no dijeron nada.
–¿Qué tal está tu sobrino? ¿Podrá jugar la final de esta noche? –le preguntó un tiraboleiro a Esteban Texeira.
–Soy muy optimista –respondió el carbonero–. Estoy seguro de que jugará el partido y que le ganaremos la copa al Madrid.
En aquel momento el Coronel Green recordó de qué le sonaba el apellido de Texeira. Xairo Texeira era el jugador del Celta de Vigo del que tanto hablaba Sparks. Esteban era su tío.
Cuando acabó de llenar el botafumeiro el carbonero se despidió de todo el mundo. Dijo que tenía la furgoneta mal aparcada y que no se quedaría a la misa de aquel día.

Entonces se fue por donde había entrado.

Los Cazadores de Pistas no lo pensaron dos veces. Dijeron adiós precipitadamente y salieron de la Catedral de Santiago. Al llegar a la calle vieron la furgoneta de Esteban Texeira que se marchaba y el Coronel Green se apresuró a detener un taxi.

–Siga a esa furgoneta –le ordenó.

–Sí, señor –respondió el taxista mientras arrancaba–. Nunca me habían pedido eso. Me siento como si estuviera en una película de espías.

–No se preocupe –le tranquilizó el Coronel–. El hombre al que seguimos no es peligroso.

Esteban Texeira atravesó la ciudad de Santiago y luego entró en la autopista.

–Sale de la ciudad –comentó Sparks–. ¿Adónde debe dirigirse con tanta prisa?

No tardaron mucho en descubrir cuál era el destino de la furgoneta. El carbonero tomó la dirección hacia La Coruña y entró en la ciudad. El taxista no le perdió en ningún momento y pudieron ver cómo aparcaba en una calle bastante transitada. El Coronel Green pagó el viaje y bajaron del vehículo dispuestos a seguir al sospechoso.

Escondidos en un portal, los Cazadores de Pistas vieron como Esteban Texeira salía de la furgoneta y entraba en un hotel. En la puerta del establecimiento había mucha gente. Todos vestían camisetas y bufandas del Celta de Vigo y vitoreaban alegremente el nombre del equipo. Como Vigo y la Coruña están tan cerca, muchos hinchas se habían desplazado para apoyar a su equipo.

–Los jugadores del Celta se alojan en este hotel –señaló Sparks–. Seguro que Esteban Texeira ha ido a ver a su sobrino.

–Tengo que pedirte que hagas algo que no está demasiado bien –le dijo el Coronel–. ¿Podrías intentar abrir la furgoneta de Esteban? Tal vez el Santo Grial esté dentro.

Había mucha gente por los alrededores y era una tarea complicada, pero Sparks era un genio abriendo puertas y forzando cerraduras. El Coronel Green y Anabel le taparon un poco y Sparks logró abrir el maletero en un periquete. Se coló en el interior y examinó todo el material. La furgoneta olía a carbón e incienso y Sparks empezó a rebuscar. No encontró el Santo Grial, pero en una bolsa de plástico había una máscara de oxígeno. Sparks sabía para qué servía aquel artilugio porque lo había visto en muchas películas. Con esa máscara uno podía respirar aunque en el aire hubiera gas tóxico. Aquella prueba delataba a Esteban Texeira.

Sparks salió de la furgoneta e informó a sus compañeros.

–Esteban Texeira tiene una máscara de oxígeno en la furgoneta. Seguro que la usó para no quedarse dormido cuando el gas del sueño salió del botafumeiro. Luego aprovechó que nadie podía verle para robar el Santo Grial y huir por la puerta que conducía a la callejuela.

El Coronel Green y Anabel estuvieron de acuerdo con Sparks, pero aún les faltaba descubrir dónde estaba el Santo Grial.

–Debemos ir al hotel para buscarlo –sugirió el Coronel.

La tarea no resultaría fácil. Un montón de aficionados del Celta abarrotaban la puerta. Dos vigilantes de seguridad, altos y fuertes como gorilas, vigilaban la entrada para que ningún forofo se colara en el interior.

–¿Cómo conseguiremos entrar? –preguntó Sparks.

–Con decisión –respondió el Coronel Green–. Seguidme.

Los Cazadores de Pistas se dirigieron hacia la puerta del hotel abriéndose paso entre los aficionados del Celta de Vigo. Cuando estaba a punto de cruzar la puerta, los vigilantes de seguridad se interpusieron en su camino.

–No podéis pasar –dijo el más alto de los dos.
–Sólo queremos alojarnos en el hotel. El fútbol no nos interesa –contestó el Coronel Green.
Al oír aquellas palabras los guardias les abrieron la puerta muy educadamente. De fondo oyeron las quejas de algunos aficionados, que también querían entrar para ver de cerca a las estrellas de su equipo. Sin embargo, los vigilantes volvieron a su posición inicial, cerrando el paso a todo el mundo.
Los Cazadores de Pistas habían sorteado el primer obstáculo, pero aún les faltaba lo más difícil: averiguar cuál era la habitación de Xairo Texeira.
–Sparks, tú eres un genio de la informática –le susurró el Coronel Green al oído–. Tienes que buscar en el ordenador en qué habitación se aloja Xairo.
–Pero no me dejarán tocarlo… –objetó Sparks.
Era cierto. La recepcionista del hotel estaba detrás del mostrador, y a su lado tenía el ordenador que los Cazadores de Pistas necesitaban consultar para conseguir la información que necesitaban.
–Anabel y yo despistaremos a la chica y tú tendrás que colarte sin que te vean. Tendrás poco tiempo, pero seguro

que lo conseguirás –le animó el Coronel Green.
Sparks estaba muy nervioso, pero tragó saliva y aceptó el plan que le proponía el Coronel Green. Se dirigieron hacia la recepción y pidieron ser atendidos.
–Queremos una habitación para tres, por favor –dijo el Coronel Green.
–¿Con tres camas individuales? –dijo la recepcionista.
Sparks aprovechó aquel momento. Nadie estaba mirando y se coló por debajo del mostrador. Avanzó a cuatro patas muy despacio. La chica estaba justo al lado del ordenador y se dirigió hacia allí sigilosamente.
–Sí, queremos camas individuales, pero una tendría que estar orientada al sol y las otras dos en la sombra –intervino Anabel. Fue lo primero que se le ocurrió para alargar la conversación y darle más tiempo a su amigo.
–No estoy segura de que pueda ayudarles en eso, señores, pero puedo llamar al servicio de habitaciones para que coloque las camas a su gusto –replicó la recepcionista.
A Sparks le temblaban las manos. La muchacha estaba tan cerca que si se movía un poco se daría cuenta de su presencia. El joven investigador levantó un poco la cabeza y se puso a teclear en el ordenador.

–¿Y qué hay del desayuno? –preguntó el Coronel Green para ganar tiempo–. ¿Qué tipo de zumos tienen?
–No estoy segura, pero creo que tenemos zumo de naranja, de melocotón y de manzana –dijo la recepcionista.
Sparks siguió tecleando silenciosamente, pero moviendo los dedos a toda velocidad.
–¿Y no tienen zumo de sandía? –preguntó Anabel.
–Creo que no –dudó la chica.
–El zumo de sandía no te sienta bien, Anabel –comentó el Coronel Green–. ¿Por qué no te quedas con el zumo de manzana?
–No me gusta el zumo de manzana. Quiero zumo de sandía –respondió Anabel.
Entonces ocurrió algo que no habían previsto.
–Llamaré para consultar si tienen zumo de sandía –anunció la recepcionista.
La chica se dio la vuelta para llamar por teléfono a los cocineros del hotel. Sparks estaba agachado detrás de ella, así que estaba a punto de pillarle. Anabel y el Coronel Green se pusieron blancos como una hoja de papel. El plan estaba a punto de fracasar. Pero, de repente, la voz de Sparks sonó a sus espaldas.

–Dejaros de zumos y vayamos a nuestra habitación.

Sparks lucía una sonrisa de oreja a oreja. El Coronel Green y Anabel se dieron cuenta de que había logrado descubrir en qué habitación se alojaba Xairo Texeira.

–El chico tiene razón, señorita. No se preocupe y denos la llave de nuestra habitación, por favor –dijo el Coronel Green.

La recepcionista colgó el teléfono e hizo lo que le pidieron. El Coronel Green pagó la cuenta, se despidieron de la chica y se dirigieron hacia el ascensor. Una vez dentro, Sparks les contó que Xairo Texeira se alojaba en la habitación 303, de modo que tendrían que subir hasta la tercera planta. Pero cuando se abrieron las puertas del ascensor y se disponían a salir al pasillo se encontraron con otros dos vigilantes de seguridad.

–No pueden estar aquí –les informaron–. La tercera planta del hotel está reservada para los jugadores del Celta de Vigo.

–Lo siento, nos hemos equivocado –se disculpó el Coronel– y pulsó el botón de la cuarta planta.

–¡Esto está siendo muy difícil! –se lamentó Sparks–. Este hotel está más vigilado que una prisión.

–Creo que tengo una idea –intervino Anabel.

Los Cazadores de Pistas llegaron a la cuarta planta y Anabel les pidió que le siguieran. Caminaron por un pasillo y la vampiresa abrió una puerta. No era una habitación del hotel, sino un cuarto para los trabajadores. Había trastos, bártulos de limpieza, toallas y sábanas. Anabel rebuscó entre los armarios y encontró los uniformes que utilizaban los trabajadores.

–Nos disfrazaremos –sugirió–. Nos vestiremos como si fuéramos del servicio de habitaciones y seguro que nos dejarán pasar.

Todos estuvieron de acuerdo en que era una gran idea y al cabo de unos minutos ya estaban vestidos. Cogieron un carrito de la limpieza, llamaron al ascensor y bajaron hasta la tercera planta. Los vigilantes de seguridad no les reconocieron y les dejaron pasar sin ningún problema.

Los tres amigos caminaron por los pasillos de la tercera planta hasta que encontraron la habitación 303. El Coronel Green llamó a la puerta.

–Servicio de habitaciones –dijo.

La puerta se abrió al cabo de unos segundos.

–Creo que se equivocan. No hemos pedido nada –dijo Esteban Texeira.

–Ya lo sé –respondió el Coronel Green–. Pero seguro que será tan amable de dejarnos pasar.

Entonces el carbonero reconoció a los Cazadores de Pistas y se quedó mudo. El Coronel Green no le dio opción a cerrar la puerta y todos entraron en la habitación. Un chico de unos diecisiete años, que vestía el chándal del Celta de Vigo, estaba bebiendo agua de una copa de madera. Era Xairo Texeira. Los Cazadores de Pistas reconocieron al acto el Santo Grial.

–¿Sabes de dónde ha salido esa copa, chico? –le preguntó el Coronel Green.

–Me la ha dado mi tío –respondió tranquilamente–. Por lo visto pertenecía a mi tatarabuela, una meiga que tenía poderes para curar. Utilizaba esta copa para sanar a los enfermos. El tío Esteban me ha dicho que si bebo agua en ella me recuperaré de mi lesión.

–Tu tío te mintió. Esta copa es el Santo Grial –le anunció el Coronel.

–¿El qué? –dijo extrañado el joven jugador. El pobre había estado tan concentrado en la final de la Copa del Rey que ni tan siquiera había oído hablar del descubrimiento. No había visto las noticias, así que no sabía nada de los

Cazadores de Pistas ni del robo en la catedral.
Esteban Texeira, el carbonero, se vio descubierto. Le habían pillado con las manos en la masa y sólo podía hacer una cosa: confesar.
–Lo siento, Xairo. Robé esta copa para que pudieras jugar la final de esta noche, pero te prometo que tenía la intención de devolverla –dijo el carbonero.
–Dame la copa, chico. No te pertenece –ordenó el Coronel Green.
–Por supuesto que no –admitió el futbolista mientras se la entregaba–. Estoy muy decepcionado, tío. No esperaba que fueses capaz de algo así…
–Pensaba dejarla en la catedral después de curarte –dijo el carbonero avergonzado.
El Coronel Green guardó el Santo Grial en una bolsa de mano y miró severamente al ladrón.
–Mañana por la mañana vendrás con nosotros a la Catedral de Santiago y confesarás lo que hiciste.
–Lo haré –prometió el carbonero.
Entonces el Coronel Green deseó buena suerte a Xairo para el partido de aquella noche y se dispuso a salir de la habitación.

–¡Un momento! –exclamó el futbolista de repente–. Tengo entradas para la final. Pueden venir a ver el partido al estadio si les apetece.

–¡Nos apetece un montón! –gritó Sparks lleno de felicidad, y prácticamente le arrebató las entradas de las manos sin darle tiempo a echarse atrás.

9

Las gradas del estadio de fútbol estaban abarrotadas de aficionados del Celta de Vigo y del Real Madrid. Entre los miles de espectadores que tenían el privilegio de ver la final en directo estaban los Cazadores de Pistas. Sparks era el que estaba más entusiasmado de los tres y se había puesto una bufanda del Celta para animar al equipo gallego.

Ya habían cenado, pero Sparks no pudo evitar la tentación de comprar cacahuetes a un vendedor ambulante. Ante su sorpresa, Anabel también pidió una bolsa.

–No sabía que te gustasen los cacahuetes... –le dijo.

–Ni me gustan, ni pienso comérmelos –respondió Anabel–. Te daré once cacahuetes por cada gol que meta Xairo Texeira y treinta y seis más si el Celta gana la copa. Y si el total supera ochenta, te regalo una camiseta oficial del equipo. ¿Qué te parece?

–¡Fantástico! –exclamó Sparks.

–Pero si el Madrid gana la final tendrás que darme un masaje en los pies cada mañana durante un mes –dijo Anabel, que sólo quería que ganara el Madrid para llevarle la contraria a su amigo.

Sparks dudó un momento, pero al final le dio la mano a Anabel para cerrar el trato. El Celta contaba con Xairo Texeira y el joven delantero había bebido del Santo Grial. Estaba seguro de que ganaría la apuesta, pero se quedó de piedra cuando vio la alineación del conjunto gallego. Xairo estaba en el banquillo.

La primera parte fue un recital del equipo madridista. Los jugadores del Celta corrían impotentes detrás del balón, y los delanteros del Madrid no paraban de atacar la portería. La primera parte concluyó con un contundente 3-0 a favor de los blancos.

–Si quieres, puedes empezar a darme un masaje en los pies –se burló Anabel.

Sparks estaba muy desanimado. No le quedaban cacahuetes y haría falta un milagro para remontar aquel resultado.

Ni tan siquiera se animó cuando, al principio de la segunda parte, Xairo Texeira saltó al campo.

–Veamos qué tal le ha sentado beber del Santo Grial –comentó el Coronel Green.

Con Xairo Texeira, el Celta de Vigo empezó a atacar con energía renovada. El primer gol llegó después de una jugada personal de Texeira. Regateó a tres defensas y levantó suavemente la pelota por encima del portero del Madrid. ¡3-1! Seguían perdiendo por dos goles, pero los aficionados del Celta de Vigo empezaron a animar a su equipo con mucha fuerza. Texeira estaba pletórico, metió el segundo gol de cabeza y el tercero con un potente disparo desde fuera del área.

–Me parece que vas a tener que darme un montón de cacahuetes –le dijo Sparks a Anabel.

Iban 3 a 3 y aún faltaban veinte minutos para el final del partido. Los defensas del Madrid, al ver que no podían parar a Texeira, empezaron a jugar con más agresividad. Le hacían falta cada vez que tocaba el balón y el árbitro no paraba de mostrar tarjetas amarillas. Pero el delantero no lograba llegar al área de ataque. Además, había recibido tantos golpes que empezó a cojear un poco.

Cuando faltaban pocos minutos para el final, el Celta perdió un balón en el centro del campo y el Madrid lo aprovechó para lanzar un contraataque. El delantero blanco que tenía la pelota entró en el área marcado por dos defensas celestes y cayó al suelo.

–¡Se ha tirado! –gritó Sparks.

Fuera penalti o no, el árbitro lo señaló al instante. El capitán del Madrid chutó el balón y metió el 4-3 que ponía las cosas muy difíciles para el Celta.

–Me noto los pies algo cansados, Sparks. ¿Te importaría darme un masaje? –se burló Anabel.

Sparks estaba enfadado porque creía que el penalti había sido injusto. Además, los jugadores del Madrid cometían demasiadas faltas sobre el pobre Texeira. Ahora el joven acababa de recibir un balón, burló a un primer defensa haciéndole un sombrero y, cuando había regateado al segundo con una bicicleta, recibió una dura entrada del adversario.

–¡Así es imposible! –se lamentó Sparks–. ¡No paran de cometer faltas!

La entrada se había producido en la banda, así que la situación era ideal para que el delantero rematara de cabeza tras el pase de un compañero. Pero Texeira le pidió a

los otros jugadores que le permitieran sacar la falta. Todo el mundo esperaba que pasaría la pelota a otro futbolista, pero Texeira remató directamente a la portería. El balón voló como un cohete y, pese que a que el ágil portero del Madrid se lanzó para pararla, el balón entró por la escuadra.
Iban 4-4 y sólo quedaban dos minutos para el final. Si empataban tendrían que ir a la prórroga, pero Texeira no se conformaba con aquel resultado. Recogió el balón del fondo de la portería y lo colocó en el centro del campo para que el Madrid volviera a sacar.
Cuando llevaban más de dos minutos de descuento y el árbitro miraba al reloj para pitar el final del partido, Texeira robó un balón y empezó a sortear a los jugadores del Real Madrid. Intentaron frenarle de todas las formas posibles, pero Texeira siguió corriendo con la pelota en los pies. Burló al último defensa haciendo pasar el balón por entre sus piernas y corrió hacia la portería. Estaba solo ante el portero pero, cuando estaba a punto de rematar, un defensa rival le puso la zancadilla. Era penalti y el árbitro lo pitó al instante. Los Cazadores de Pistas no habían asistido nunca a un partido tan emocionante.

Pero Texeira se había lesionado. Sus compañeros le ayudaron a levantarse del suelo, pero le dolía mucho la pierna derecha. Él era diestro, de modo que difícilmente podría chutar el penalti. El público empezó a corear su nombre.

–¡Texeira! ¡Texeira! ¡Texeira! –gritó Sparks junto al resto de aficionados del Celta de Vigo.

Los jugadores del conjunto gallego hablaron entre ellos y le pidieron a Texeira que chutara la pena máxima. Un compañero colocó el balón en el punto de penalti porque Texeira apenas podía andar. Se acercó a la pelota cojeando visiblemente y, ante la sorpresa de todo el mundo, chutó el balón con la zurda. El disparo engañó al portero, pero tuvo la suerte de que la pelota tocó el travesaño y se alejó de la portería en dirección al joven delantero. Los aficionados del Madrid estaban celebrando el fallo de Texeira cuando este, sacando fuerzas de flaqueza, remató con una acrobática chilena. El balón entró por toda la escuadra sin que el portero madridista pudiera hacer nada para evitarlo.

–¡Gooooool! –gritó Sparks, junto a todos los aficionados de su equipo.

No había tiempo para más y el árbitro pitó el final del partido. El Celta había ganado la final de la Copa del Rey por 5-4, gracias a los cinco maravillosos goles de Texeira. Ningún jugador en toda la historia había logrado meterle cinco goles al Real Madrid en una final y todos los aficionados, incluso los seguidores blancos, aplaudieron y ovacionaron a la joven estrella gallega.

–Estoy tan contento que te daría un masaje en los pies –le dijo Sparks a Anabel.

A la vampiresa, sin embargo, no le importaba haber perdido la apuesta, porque había podido comprobar el poder del Santo Grial. Xairo Texeira había bebido de aquella copa y había sido capaz de obrar auténticos milagros con el balón. Aquello significaba que ella podía convertirse en humana… Sólo tenía que echar un sorbo del Grial.

–Me debes un montón de cacahuetes, Anabel –insistió Sparks–. Son once cacahuetes por cada gol que ha metido Texeira y treinta y seis más porque el Celta ha ganado la final.

–Dime el total y sabrás si también tengo que regalarte una camiseta del Celta –le pidió Anabel.

Sparks sacó el móvil y se puso a teclear en la calculadora.

–Así es demasiado fácil –le recriminó el Coronel Green–. Seguro que eres capaz de hacerlo mentalmente.

Sparks no era demasiado bueno con las matemáticas, pero intentó echar las cuentas. Cuando salieron del estadio aún no había dado con el número de cacahuetes que Anabel tenía que darle… y si regresaban a Santiago de Compostela antes de que lo descubriera, ¡podría quedarse sin camiseta!

Resuelve las cuentas en la página 138 y descubre si Sparks se llevará una camiseta

A la mañana siguiente los Cazadores de Pistas se levantaron muy temprano y se fueron a la Catedral de Santiago. Anabel no había dormido en toda la noche. Pensaba en el Santo Grial y en la posibilidad de volver a ser humana. Anabel y Sparks, que iba vestido con la camiseta del Celta de Vigo, entraron en la catedral y siguieron al Coronel

Green. Su maestro sacó la copa de la bolsa y la llenó con agua bendita.

–Ha llegado la oportunidad que te prometí, Anabel –le dijo a la vampiresa–. He llenado el cáliz con agua de la Catedral de Santiago. Si bebes de él podrás pedir cualquier deseo. Decide tu propio destino, mi querida pupila.

Anabel tomó el Santo Grial entre sus manos y lo miró. Un solo trago y podría convertirse en humana.

–A veces me gustaría ser una chica normal y corriente –admitió Anabel–. Poder comer de todo y ser como las otras jóvenes, pero soy una vampiresa y eso también tiene cosas buenas. Yo soy así, para lo bueno y para lo malo. Acepto ser una vampiresa para siempre.

Anabel arrojó el agua bendita y devolvió el Santo Grial al Coronel Green. Cuando su padre le había ofrecido el elixir de Nefertiti lo había rechazado. Y ahora, que tenía entre sus manos algo que podía hacer realidad sus deseos, también había decidido no beber. En el fondo de su corazón, Anabel sabía que era una vampiresa y que debía aceptarse tal y como era. Por eso, al final, siempre había tomado la misma decisión.

–Ahora entiendo lo que me dijiste, Coronel –explicó Anabel–. Hacer el Camino de Santiago me ha servido para encontrarme a mí misma, para quererme tal y como soy.

Al cabo de un rato, Esteban Texeira acudió a la catedral para confesar el robo. El carbonero se mostró muy avergonzado cuando, de pie ante todos los tiraboleiros y del padre Antonio, explicó lo que había hecho.

–Sé que no está bien, pero me llevé el Santo Grial para que el Celta de Vigo ganara la Copa del Rey. Pensaba devolverlo. Ruego que perdonéis a un pobre carbonero que robó sin malas intenciones –se disculpó.

El Coronel Green le dio el Santo Grial y el carbonero lo entregó al padre Antonio.

–¿Te arrepientes de lo que hiciste, Esteban? –le preguntó Antonio.

–Sí, padre. Nada puede justificar el acto de robar.

–¡Y mucho menos por un partido de fútbol! –le reprochó severamente el padre Antonio–. La comunidad religiosa se reunirá para decidir qué haremos contigo.

Los Cazadores de Pistas ya habían cumplido su cometido y sólo les quedaba despedirse de todo el mundo. El padre Antonio les felicitó por su excelente trabajo y les aseguró que siempre serían bienvenidos a la ciudad.

–Volved siempre que os apetezca. Nunca olvidaremos lo que habéis hecho por la Catedral de Santiago –les dijo.
–Ha sido un placer y un honor –respondió el Coronel Green, y abandonaron el templo.
Mientras se alejaban, Sparks no podía dejar de pensar en lo que le ocurriría al carbonero.
–¿Qué van a hacer con Esteban Texeira? –le preguntó al Coronel Green.
–No estoy seguro, pero creo que le van a perdonar –opinó el Coronel.
–Y además, se ha arrepentido… –le recordó Sparks.
–Cierto –asintió el Coronel–. Arrepentirse de las cosas que están mal es muy importante. Creo que Esteban estaba tan avergonzado que no volverá a robar nunca más, y eso es lo que verdaderamente importa.

Los Cazadores de Pistas abandonaron la plaza del Obradoiro caminado tranquilamente. De pronto, el Coronel Green les pidió que esperaran un momento en la calle y entró en una tienda donde vendían pelucas. Ni Sparks ni Anabel entendieron lo que se proponía. El Coronel Green salió del establecimiento muy satisfecho.

–Creo que ha llegado el momento de visitar el rodaje de la película de John Memory y de conocer a Harrison Ford.

Todos estuvieron de acuerdo. Tomaron un autobús y se dirigieron hacia un parque donde se rodaba la película. Había mucha gente trabajando, organizándolo todo para grabar la escena.

Encontraron al director dando instrucciones a una maquilladora. Al ver a los Cazadores de Pistas, les recibió con una gran sonrisa.

–Llegáis justo a tiempo. Harrison Ford va a llegar de un momento a otro –les informó.

John Memory estaba un poco nervioso porque nunca había trabajado con un actor tan famoso. De repente, todo el mundo giró la cabeza. El mismísimo Harrison Ford se acercaba caminando hacia ellos sonriente. John Memory se acarició la cabeza completamente rapada y su barba pelirroja con movimientos nerviosos.

–Buenos días, John Memory, encantado de conocerle –dijo Harrison Ford–. Su cara me resulta familiar. ¿Nos hemos conocido antes?

–Lo siento –se excusó John Memory–. Perdí la memoria hace dos años y no recuerdo nada.

–Puede que esto le ayude –intervino el Coronel Green.
El Coronel sacó una peluca pelirroja de su bolsa de mano y la colocó en la cabeza de John Memory.
–John Memory tenía pelo años atrás. A lo mejor con esta peluca consigue reconocerle –añadió el Coronel.
–¡Claro que le recuerdo! –exclamó el actor–. Hace unos años subastamos algunos objetos de las películas de Indiana Jones. Utilizamos el dinero para fines benéficos... Usted estaba en aquella subasta y compró uno de los objetos, pero no recuerdo cuál era...
Anabel y Sparks se miraron boquiabiertos. No podían creer lo que acababan de descubrir.
–¿No sería una copa de madera? –preguntó Sparks–. ¿La copa de madera que representaba el Santo Grial en la película *Indiana Jones y la Última cruzada*?
–Exacto, chico –respondió Harrison Ford–. Usted compró el Santo Grial que se fabricó para rodar la película.
Todos se quedaron muy sorprendidos, especialmente John Memory, pero en ese momento lo más importante era el rodaje. Los Cazadores de Pistas se quedaron un rato para ver la actuación de Harrison Ford, pero no podían quitarse de la cabeza lo que acababan de descubrir.

–No lo entiendo, Coronel –dijo Sparks–. Eso significa que el Santo Grial era falso. Entonces, ¿cómo consiguió Xairo Texeira jugar tan bien aquel partido?
–Misterios de la vida, Sparks –respondió el Coronel–. A veces la mente humana es muy poderosa. Xairo Texeira estaba tan convencido de que había bebido del Santo Grial que se creía capaz de realizar cualquier proeza.
–Creo que escribiré un blog donde contaré todo lo que he aprendido después de hacer el Camino de Santiago.
–Me parece una excelente idea, mi querido pupilo –respondió el Coronel Green–. Entonces se quedaron callados. Harrison Ford estaba a punto de salir a actuar.

Lee el blog de Sparks en la página 140 y detecta los errores

THE MYSTERY Gazette

MINIMISTERIOS

Pasa la página y resuelve los acertijos de la aventura del Camino de Santiago

El misterio del mensaje encriptado

Para descubrir antes que Sparks el mensaje secreto deberás sustituir cada número por la letra correspondiente, según la tabla que se muestra a continuación. Ésta es la misteriosa numeración que Sparks encontró:

17-16-19 6-9-14 21-5-14-7-16 5-12 20-1-14-21-16
7-19-9-1-12 . 12-16 12-12-5-23-1-19-5 1
12-1 3-1-21-5-4-19-1-12 4-5 20-1-14-21-9-1-7-16,
22-14 12-22-7-1-19 20-1-7-19-1-4-16 17-1-19-1
21-16-4-16-20 12-16-20 17-5-19-5-7-19-9-14-16-20.

Ahora coge un lápiz y anota la letra que corresponde a cada número.

1	**2**	**3**	**4**	**5**	**6**	**7**	**8**	**9**	**10**	**11**	**12**	**13**	**14**
A	**B**	**C**	**D**	**E**	**F**	**G**	**H**	**I**	**J**	**K**	**L**	**M**	**N**
15	**16**	**17**	**18**	**19**	**20**	**21**	**22**	**23**	**24**	**25**	**26**	**27**	
Ñ	**O**	**P**	**Q**	**R**	**S**	**T**	**U**	**V**	**W**	**X**	**Y**	**Z**	

AGH FAI
___ ___ _____ __ _____ _____.
__ _______ _ __ ________ __
________, __ _____ _______ ____
_____ ___ __________.

Busca la solución en la pág. 142

El misterio de la secuencia matemática

La secuencia de números es la siguiente:

4-8-16.......

¿Qué números siguen la serie y, por lo tanto, esconden las páginas del sermón del padre Antonio?

Busca la solución en la pág. 142

El misterio de las palabras cambiadas

Los antónimos son palabras que tienen significados contrarios. Para comprender lo que dijo Marisa, sustituye las palabras por su antónimo correspondiente. Así sabrás qué es lo que realmente quería decirle a Sparks:

–Eres (**viejo**) ________ y (**feo**) __________ –le dijo la chica con una radiante sonrisa.
Sparks se quedó pasmado. No esperaba aquellas palabras tan desagradables.
–¿Por qué me dices esto? –le preguntó.
–Porque (**nunca**) ___________ miento –respondió la chica–. Me (**desagradan**) ___________ los chicos (**altos**) __________ y (**gordos**) __________ como tú.
Deseo que siempre estés (**enfermo**) __________.
Te (**odio**) ________, (**cobarde**) _________.

Busca la solución en la pág. 142

El misterio de los objetos del Camino de Santiago

Sparks desea asistir al rodaje de la película de John Memory, pero para conseguirlo debe resolver la sopa de letras que le ha dado el director.

John solamente ha encontrado dos objetos necesarios para hacer el Camino de Santiago. Encuentra tú el resto, pero antes deberás adivinar cuál falta en la lista.

Puedes encontrar las palabras en horizontal, vertical y diagonal. Ten en cuenta también que los nombres pueden estar al revés.

A	S	C	E	Y	J	S	M	A	U	O	E	Y	M	L	T	M
M	M	O	C	H	I	L	A	M	A	A	O	R	A	I	I	O
D	N	J	V	M	Z	R	H	K	I	R	I	M	R	P	H	K
F	T	U	Y	L	I	M	O	U	D	G	J	I	M	B	A	P
H	I	N	U	E	M	A	G	E	O	S	T	A	B	R	X	Z
M	A	D	I	E	R	N	P	I	O	A	B	R	I	G	O	E
B	C	V	P	D	Z	D	U	G	S	R	L	J	M	N	R	T
F	A	H	V	A	U	R	O	M	R	O	G	K	L	E	V	S
X	L	S	T	I	A	E	E	O	I	L	E	F	U	M	K	G
L	Z	E	T	D	C	S	R	H	L	P	C	E	R	A	Z	O
E	A	J	M	O	R	E	I	U	A	M	A	R	K	Z	J	R
M	D	R	A	A	N	C	A	F	M	I	J	A	D	A	N	R
E	O	R	S	I	F	I	U	N	C	T	T	E	T	B	A	A
L	I	F	D	Y	M	J	C	O	V	N	R	T	U	A	R	S
G	M	D	R	T	R	U	O	J	G	A	T	S	X	L	A	Y
L	O	P	E	R	D	F	R	O	G	C	M	E	L	A	N	E
K	N	C	R	E	M	A	S	O	L	A	R	D	I	C	O	T

Objetos necesarios para hacer el camino de Santiago:
Bastón • Cantimplora • Vieira • Gorra
Calabaza • Tiritas • Crema solar
Abrigo • Guía • Dinero • Calzado • ¿?

La palabra que falta es un objeto que se lleva encima, sin el cual todo lo demás es muy difícil de cargar. Tiene cremalleras y asas para colgarlo en la espalda.

Busca la solución en la pág. 143

El misterio de los cacahuetes

Sparks ha ganado la apuesta con Anabel, pero es un desastre con las matemáticas. Ayúdale a descubrir cuántos cacahuetes le debe su amiga.

Anabel le ha prometido a Sparks 11 cacahuetes por cada gol que haya marcado Xairo Texeira y 36 más si el Celta gana la Copa del Rey. ¡Haz las dos simples operaciones y calcúlalo en un periquete!

Primera operación:
Calcula los cacahuetes que Sparks ha ganado gracias a los goles de Xairo Texeira:
11 cacahuetes x 5 goles de Teixeira =

Segunda operación:
Suma los cacahuetes conseguidos gracias a los goles de Texeira + los 36 que Anabel le ha prometido si el Celta de Vigo ganaba la Copa del Rey:
¿? + 36 = ¿?

Busca la solución en la pág. 143

El misterio del blog despistado

Al final de la aventura, Sparks ha escrito en su blog lo que más le ha gustado. Pero le falla un poco la memoria y ha cometido 3 errores. ¡Descúbrelos!

Hacer el Camino de Santiago ha sido genial. Caminamos muchos kilómetros cada día, pero cuando llegamos a la Catedral de Santiago de la Coruña me di cuenta de que, con esfuerzo e ilusión, se puede conseguir casi cualquier cosa.

Al final todo acabó bien. Fue una pena que el Santo Grial fuera falso. Cuando el padre Antonio lo supo se llevó un gran disgusto. Aunque se enfadó un poco con Esteban Texeira por haber cometido el robo, acabó perdonándole. Ahora el tiraboleiro acude cada día a la catedral y saca brillo al botafumeiro hasta que reluce. Es su manera de demostrar que se arrepiente de lo que hizo.

John Memory no ha recuperado la memoria, pero se siente muy feliz. Gracias al actor Sir Alfred Bale ha descubierto dónde viven sus padres. Por lo visto tienen una granja de vacas de Tejas, en los Estados Unidos de América. Ya han hablado por teléfono y muy pronto viajará hasta allí para visitarlos. Los Cazadores de Pistas estamos invitados y espero lograr convencer al Coronel Green de que nos deje volar hasta un lugar tan lejano.

Lo que ya os puedo asegurar es que los Cazadores de Pistas asistiremos al espectáculo deportivo más importante del mundo: las Olimpiadas de Londres 2012. Seguro que será alucinante. ¡Estáis todos invitados!

Busca la solución en la pág. 143

THE MYSTERY Gazette

SOLUCIONES DE LOS MINIMISTERIOS

El misterio del mensaje encriptado

Por fin tengo el Santo Grial. Lo llevaré a la Catedral de Santiago, un lugar sagrado para todos los peregrinos.

El misterio de la secuencia matemática

La secuencia de números es la siguiente:

4 – 8 – 16 – 32 – 64

Las otras dos páginas se encontraban en las baldosas nº 32 y nº 64. ¡Era tan fácil como multiplicar por 2 cada número!

El misterio de las palabras cambiadas

–Eres joven y guapo –le dijo la paciente con una radiante sonrisa.

Sparks se quedó pasmado. No esperaba aquellas palabras tan desagradables.

–¿Por qué me dices esto? –le preguntó.

–Porque siempre miento –respondió la chica–. Me gustan los chicos bajos y delgados como tú. Deseo que siempre estés sano. Te amo, valiente.

El misterio los objetos del Camino de Santiago

A	S	C	E	Y	J	S	M	A	U	O	E	Y	M	L	T	M
M	M	O	C	H	I	L	A	M	A	A	O	R	A	I	I	O
D	N	J	V	M	Z	R	H	K	I	R	I	M	R	P	H	K
F	T	U	Y	L	I	M	O	U	D	G	J	I	M	B	A	P
H	I	N	U	E	M	A	G	E	O	S	T	A	B	R	X	Z
M	A	D	I	E	R	N	P	I	O	A	B	R	I	G	O	E
B	C	V	P	D	Z	D	U	G	S	R	L	J	M	N	R	T
F	A	H	V	A	U	R	O	M	R	O	G	K	L	E	V	S
X	L	S	T	I	A	E	E	O	I	L	E	F	U	M	K	G
L	Z	E	T	D	C	S	R	H	L	P	C	E	R	A	Z	O
E	A	J	M	O	R	E	I	U	A	M	A	R	K	Z	J	R
M	D	R	A	A	N	C	A	F	M	I	J	A	D	A	N	R
E	O	R	S	I	F	I	U	N	C	T	T	E	T	B	A	A
L	I	F	D	Y	M	J	C	O	V	N	R	T	U	A	R	S
G	M	D	R	T	R	U	O	J	G	A	T	S	X	L	A	Y
L	O	P	E	R	D	F	R	O	G	C	M	E	L	A	N	E
K	N	C	R	E	M	A	S	O	L	A	R	D	I	C	O	T

El misterio de los cacahuetes

Solución:

11 x 5 = 55

55 + 36 = 91

¡91 cacahuetes!

Era así de fácil. Sparks, ¡has ganado la camiseta del Celta de Vigo!

El misterio del blog despistado

Error 1: *Santiago de Compostela* en lugar de *La Coruña*.

Error 2: *Carbonero* en lugar de *tiraboleiro*.

Error 3: *Harrison Ford* en lugar de *Sir Alfred Bale*.
